走近智者

东方明夷 著

中国社会出版社
国家一级出版社·全国百佳图书出版单位

目录 | directory

第四章　饮食篇

第五章　社交篇

第六章　婚姻家庭篇

第七章　健康篇

第八章　职业篇

第九章　求知篇

第十章　死亡篇

持续了近身十二年的采访

（代序）

一个仲春清晨，为赶上日出时最好的光线，去拍摄我发现的大别山深处山涧旁的一丛凌空照水的无名花，我早上四点多就起了床。车开到险峻不能开处，连忙一路小跑，生怕错过了日出那会儿一天中最好的拍摄光线，跑得我满头大汗也不敢停，因为自己起这么早、赶这么远的路，其实就是为了那二十分钟左右的最佳拍摄时间……快了快了，再转过那个山头拐弯就到，太阳刚刚露出头，可谓来得不早不晚，不由得心中一阵窃喜。

转过山头，我一下惊呆了：只见一中年男人，一袭白袍，在自己中意的那丛无名花旁弹古筝，旁有一折叠桌，桌上还有笛、笙、笳、萨克斯等几样乐器，还有书、水果及一杯咖啡。只见那人双目紧闭，身体随节奏起伏，完全一副忘我的样子。再仔细端详：黝黑的脸、清俊的颊、高挺的鼻、短头发、瘦高个，白袍虽洗得干净，但不难看出已经穿得很旧了。我站了一会儿，那人似乎还没有发现有人来，而且他占的地方又是自己拍摄的最佳位置。我纠结了：打断他不仅不礼貌，又不忍心；等着吧，眼看最佳摄影时间已所剩不多……历来自诩没遇到过难题的我，这下可感觉到为难了。正当我在想怎么办时，琴声戛然而止，白衣琴师起身作揖："对不起、对不起。"我一惊忙应道："您弹我听，本应感谢，谈何对不起？""哈哈，老弟谦让了。从您背的箱包看，应是专业摄影的；从您这么早走这么远的山路看，应是赶在朝霞时拍这丛涧边奇花的，快快拍完再说。"随之他收拾了自己的东西。我一听他不仅懂摄影还很懂人心，立马对他在好奇之时又心生许多好感。顾不上多想，赶忙拍了几个镜头，正拍着突然一个想法跳入脑际：请那白衣琴师坐奇花山涧旁，在朝霞下弹古筝，不更是一幅绝好的作品吗？没想到刚一说出这一想法，白衣琴师欣然同意，随之将筝挪了挪地方，恰好是最佳拍摄地。我心中暗想：此人深谙摄影艺术，且不是一般水平。拍完后便问："先生一定在摄影上很有造诣。""不敢当不敢当，只是喜欢这留住瞬间美好之事，也曾出版过《走进非洲》摄影集。""啊！《走进非洲》是您的作品！"白衣琴师没正面回答，却岔开了话题："您能选定此景，可见您发现美的水平；您能早起跑这么远的路为一幅照片，可见您对摄影的热爱与投入；您听我弹琴时神态上的共鸣，可见您有很高的音乐修养。我推断您虽有很高的摄影水平，但您不是职业搞摄影的，您应该有很多的爱好兴趣，还有很深的文化素养及美学积淀，而且还是个生活、职业都很成功的人。"我一听更惊："您，您会看相？""您先说是吗？"我毫不犹豫地点了点头。还没等我说什么，只听那白衣琴师缓缓地说道："如果先生您拍完了，我可继续弹琴了。"我又是毫不犹豫地点了点头。

他继续眼睛紧闭，身体起伏地弹了起来，我听完了一曲《笑傲江湖》后，接着是《凤求凰》，刚开弹时我突然想到，此君既然选在深山涧岩溪边花下弹筝，一定还想要这份宁静无忧，于是就悄然离去。拐过山峦，我的脚步似乎挪不动了，因为那琴声太美、太动听、太吸引人了，遂倚在那琴师看不见处，闭目聆听。

我有个习惯，无论听交响乐还是独奏，哪怕自己弹奏乐器时，都喜欢闭上眼睛。他弹时，闭目在听、在赏、在品、在醉；他停时，闭目在思考、在回味、在品嚼、在希冀……突然一个声音传了过来："您竟然还没走，还在听我弹筝！"我睁眼一看，原来是琴师收好行装下山的路上遇到了倚山回味琴声的我，我不好意思地笑了笑："琴声似天籁，岂能挪动了脚步。""您为不打搅我，难为您倚石而听了。"看出琴师对我此行为的意外及好感甚至是感激。

正好与琴师下山同行。

我见琴师背着琴、包、叠折桌凳等太多的东西，没容他反应过来，我已抢过两样，他虽不让，但还是看得出他眼眸中的感激。几十分钟的山路，我们从摄影聊到美学、哲学、医学、天文学、宗教、文化、政治、经济、社会、人生，一向自认为在许多领域是专家、高手，自认为有深刻的思想、先进价值观，有见识，有觉悟的我，此时才深深领会到什么叫自惭形秽，什么是羞愧难当（为过去自己的自大自恋自以为了不起而羞愧），什么是天外有天人外有人，什么是苏格拉底所说的"我唯一知道的就是我一无所知"。平时颇自负的我对他不仅是心悦诚服，而且是折服、拜服、叹服，觉得他已不是凡人，而是神，至少是异人、奇人、神人。也真的不知该如何形容他了。

好在琴师对我也大有好感，甚至有些惊奇，这足见他对我的评价不低（其实是高估了我）。我闻之异常兴奋，我的素质虽不高但不至于低到听人之夸就兴奋的浅薄地步，而令我兴奋的是我与之有了继续交往的可能。故我提出要他电话号码的请求，他欣然答应。但他告诉我，他工作、学习、写作、运动、思考或在做任何事情时都是不接电话的，有事发信息他回我电话，我的好奇心促使我想问为什么，但礼貌修养又制止了我这样做（后来采访时还是问了这个问题，并写了专篇，书中有）。

此后，我俩迅速成了朋友。我俩经常在一起谈哲学、医学、美学、天文学、宗教、心理学、社会学、法学、军事学，谈音乐、绘画、雕塑、收藏，还经常在一起吟诗作赋、骑马狩猎、登山潜水、滑雪冲浪、野营野炊、跳伞下棋、弹琴吟诗、评书赏画、赏月踏雪，我们有许多共同的爱好，也有许多共同的情趣，但也有不少争论，甚至面红耳赤，拍案拂袖……但是我还是认为同他差距太大。

越交往越感觉此君身上闪光的东西越多，越觉得他是个大智大慧之人，越觉得自惭形秽。尤其是他生活、人生的各个方面都有许多个性的、智慧的、过人的、超出这个时代的伟大之处。他的许多做法我虽不理解，但我直觉正确。他在我眼中既是个凡人，又是位英雄；既是个现实生活中的实实在在的人，又好像是天外来客般的外星人；既平凡无奇，又无处不奇……他身上有我太多的不懂、太多的惊奇、太多的谜团，尤其是有太多值得白领们研究、值得学习的东西，不知我是为了解谜、为了猎奇，还是为了向同胞们推介他生活、生命中的许多大智大慧，在我多次恳求下，他才答应我对他作近身采访，但他要求我必须对他隐姓埋名，以文学的形式写出这本《走近智者》。

笔者在作家圈里素有快手之称，但是这本十几万字的书，我一写就是十二年，当然对此君的采访我也同样进行了十二年。古人云

“十年磨一剑”，笔者“十二年著一书”，书中凝结了我十二年的心血，花了几万个小时的时间，我不求厚酬、不求畅销、不求轰动，只求通过对此君的一些介绍，能给读者朋友一点点启迪或思考。

是为序。

作者于2015年5月20日

聪明与智慧的区别

（再序）

写完了《持续了近身十二年的采访》这一代序之后，一次做梦梦到在山涧漫步，突见一老者白衣飘飘地从高山上飞到我面前，教训我说：“你写一本《走近智者》，此书立意很好，因当今中国人，聪明人很多，智慧人甚少；小聪明者遍地皆是，大智大慧者凤毛麟角；聪明者损人利己不顾一切反得势，大智大慧者德才兼备有品、有节、有能、有绩反遭白眼。这些现象的出现，与不少人分不清聪明与智慧有关。你采访这个超出当代思维方式、生活方式的奇人，对思维误入歧途、为钱权疯狂到不顾健康、婚姻、子女教育、人格，对这样偏颇的价值观不能不说是个很好的挑战或冲击，这一点很值得肯定。写此书也远比写那些吟风咏月甚至为求销量而描写色情、凶杀或赶时髦的小说及剧本的作家品位高。但是有一点，我要提醒你，你写《走近智者》，如果不解释什么叫智慧，尤其是聪明与智慧、小聪明与大智慧的区别，那么就是你写作的不严谨”我听后一惊，正要上去仔细问个究竟，只见那人翩翩而去，我大喊他仍不停，突然醒来，原是一梦。

我再也睡不着了，仔细又将白衣老者的话回忆一遍，觉得极有道理：我以“走近智者”为题写作，为什么不对什么是智慧进行定义外的解释呢？否则，读者朋友连你所说的“智慧”是什么意思都不知道，又怎能真正清晰、透彻地理解本书的立意呢？想到这里，突然从大脑深处一下蹦出许多条关于智慧的内容，我觉得好像是那白衣老者给的答案或带来的灵感。根据自己有灵感须即写的原则，我遂披衣下床，写下“聪明与智慧的区别”。

聪明是小智慧，智慧是大聪明。其实，说“聪明是小智慧”还有些高抬了聪明者，其顶多是小智谋，因为聪明，尤其是耍小聪明，不仅连智慧的边都沾不上，而且还很愚蠢，至少会让大智大慧者可笑或不屑。

聪明只表现在物质（钱权名）上，智慧表现在人生的综合成功即九大成功上。聪明者天天时时将精力、心力、智力花在钱权名的成功上，将人生浓缩为四个字“挣钱花钱”，其他一切为之让路；智慧者则注重人生成功即综合成功或人生全方位成功，就是将物质成功、身体成功、生活成功、婚姻成功、子女教育成功、精神成功、人格成功、素质成功、生命成功这“九大成功”齐头并进、协调发展。可遗憾的是当今许多世俗成功之人，身体垮了、婚姻糟了、子女丢了、人格没了、素质低了、精神蔫了，虽物质成功了，有大钱或大权或大名了，在其他八个方面搞得一团糟，哪怕有几个方面的缺憾，甚至只有一个方面的缺陷，就如同素质上的“木桶缺板原理”一般，都是你人生的全部失败。

聪明靠先天，智慧靠后天。聪明更多的是靠遗传即天资聪明，如同“精子决定命运”一样，是靠父母的。而智慧则多是因为后天的学习、思考、阅历等综合而成；聪明靠天然，智慧靠修炼。

聪明是智商高，智慧是“多商”高。这里的“多商”是指多个商数。智商高仅表现在头脑灵活、记忆力好、反应能力强等方面；“多商”则指情商（EQ）、逆商（AQ）、健商（HQ）、财商（FQ）、智商（IQ）、灵商（SQ）、心商（MQ）、性商（SQ）等多个商数值都很高。

聪明表现为算计，智慧表现为谦让。聪明之人无论与人交往，还是在职场竞争中，都将人计算到极致，将自己的利益最大化，根本不顾及他人感受，不怕引人不快，不计从此后别人是否再愿意与自己合作。智慧之人则处处表现出谦让，让人在利益上得大头、在语言上占上风、在行为上受尊重，更让人在合作或交往中较满意或愉快，以换取将来更多的合作及良好的人际关系。

聪明重利己，且多是损人利己；智慧重利人，通过利人来利己。聪明者为了物质利益最大化，除将人利用到极致外，还会千方百计通过诽人、诬人、挑唆人、打击人，甚至无中生有、落井下石、不择手段地达到自己的目的。如此的结果他虽然获得世俗成功的概率高，但在人际关系上四面楚歌，得到了一些，失去得更多。而智慧者则通过利人来利己，因他明白“退让是进步的根本，利人是利己的根基”，以及“少取反能多得、低下反能充盈、委曲反能求全”的道理或哲理。

聪明追求独赢，智慧追求共赢、多赢。聪明者只追求自己成功，甚至还以击败竞争对手为乐。而智慧者从不追求独赢，只追求共赢、多赢，哪怕自己不赢也要让别人赢，甚至自己吃亏、自己付出也让别人赢。

聪明表现在小处，智慧表现在大处。聪明者将聪明发挥到极致，在世俗追求的物质成功方面，做得可谓滴水不漏，利益最大化、超大化、特殊化。而智慧者则看重的是人生的大处，不计较一城一地之得失，只重大处，如人格、健康、生命等，尤其是素质道德方面的成功，因智慧者知道，人格的成功是一个人最大的成功。

聪明者喜外露，智慧者重隐忍。聪明者最喜炫耀、卖弄，通过语言、行动乃至表情显示自己的聪明，唯恐别人乃至天下人不知其聪明，如同浅薄之人“腰有银钱叮咚作响”一样，恨不得天下人都知其聪明，而智慧者唯恐怕人知道自己有智慧，处处示愚、示糊涂，担心自己的智慧或过人之处引人不快、伤人自尊，特注重示愚、示弱、示讷但同时还能做到“顺人不失己，外化内不化”。

聪明表现在与人争，智慧表现在与己争。聪明人最常见的表现是与人争利益、争是非、争得失、争胜负，并力争表现出过人的能耐，甚至所向无敌使人望而生畏。智慧的人最常见表现是与己争：与己争成长、争理性、争节制、争向上、争勤俭。

聪明表现在世俗成功或世俗价值上，智慧表现在人生成功上。聪明的人常常将人生的全部精力、心力、智力都用在世俗成功即钱权名上，不顾人格、身体、婚姻、子女教育，包括生活质量、幸福指数，最终“捡了芝麻，丢了西瓜”。即使侥幸世俗成功，也多不能成久功、成大功，且往往落得一身病、一身怨、一身骚。而智慧的人注重人生成功即包括世俗（物质）成功在内的人生九个方面的成功，使这九个方面协调发展且在物质方面使减法。另外，最重要的一点是智慧者都有博爱、公平、正义、民主、法治等思想并为之努力、为之奋斗、为之奉献。

聪明者示能，智慧者示愚。聪明者无论在什么事情、什么人面前总想逞能，显示自己有水平、有能力、有实力，比别人强，甚至无所不能，有一点不如人，不满、嫉妒之情溢于言表，心理得到满足的同时，也处处搞得他人心里不舒服。智慧者则反之，在世事、世人面前，除关键的人或事外，一律示愚，处处显示出自己的木讷、笨拙、无知甚至愚蠢，正如曹操评荀攸：“智可及，愚不可及。”

聪明者知欲知进，智慧者知止知退。聪明者往往在物质（钱权）上的欲望无限膨胀，金钱上有一想十、有千想万，继而想成首富；权力上当了科长想当处长，当了处长想当厅长，当了厅长想当部长……就像《渔夫与金鱼》中的老太婆一样欲望无限、永不知足。而智慧者明白无论官场、商场还是普通岗位，无非都是谋生手段，不仅在物质（钱权名）上易知足、知止、知退（隐），绝不将职业上的升官发财出名作为体现人生价值的手段，甚至将之作为“隐”的手段。小隐隐于野，中隐隐于市，大隐隐于朝。

聪明表现在钻营，智慧表现在谦让。聪明者的最大外在表现是职业即物质上的钻营，天天连做梦都在找关系找资金找路子升官发财，如何将自己利益最大化。不仅在利上，在荣誉、职位等任何好处上都是如此。而智慧者反之，在功名利禄上处处谦让、退让，因他知道“让他三尺又何妨”，知道“无为而无不为”“以其不争，故天下莫与之争”的道理。

聪明者在物质及人生上做加法，智慧者在物质及人生上做减法。聪明者追求物质上越多、越名牌、越金贵、越复杂越好；人生上占有的位置、头衔、财富包括异性越多越好，生活搞得越复杂越好。而智慧者不同，在物质及人生方面都做减法，生活及生命越简单越好：食只求够营养，衣只求蔽体，屋不求大够住足矣，交通工具可有可无，在人生的交友、处世等各个方面都尽量做减法，但精神生活例外。

聪明者往往将生活、生命化简单为复杂，智慧者往往将生活、生命化复杂为简单。聪明者将物质生活及人际关系、人生追求都搞得很复杂，交际多即物质欲望多、熟人多（知心朋友反少，甚至许多人一生没一个知心朋友)、占有多(房子、收藏品、车子、衣饰、异性等)、想法多。而智慧者追求越简单或越少越好(当然是少而精),如简单的生活、简单的人际关系、简单的想法等。

聪明者不肯吃亏,智慧者乐于吃亏。聪明者不仅不吃亏反而凡事要占便宜,大小吃点亏哪怕是没有占到便宜心里就不舒服。智慧者肯吃亏,并事事追求吃亏,因明白“吃亏是福”“吃小亏才能不吃大亏”之道理。

聪明者知道自己能做什么,智慧者知道自己不能做什么。聪明者顺势而上,甚至给他一个支点就妄想撬动整个地球,尤其知道自己能做什么、应做什么,什么适合自己做。智慧者知道自己不能做什么,哪些是自己的道德禁区、生活禁区、人生禁区。

聪明者知道自己何时该出手,智慧者知道自己何时该放手。聪明者喜当机立断、该出手时就出手,且出手机会把握得往往比较好。智慧者往往知道自己什么时候该放手,拿得起放得下,拿得起是聪明,放得下是智慧。

聪明者上场或场上精彩,智慧者退场、下场精彩。聪明的人一出场或在场上能赢得不断喝彩、掌声四起、粉丝无限,但他们往往退场或下场时晚节不保即不能成久功。而智慧的人不仅出场精彩、场上精彩,尤其是退场或下场时尤为精彩,为自己生活的某一段时光或一项事业画上一个圆满的、令人回味无穷的、恋恋不舍的句号,更不会像有些黯然下场或退场的聪明人那样,在人们的喝倒彩、鼓倒掌或人们的厌恶中灰溜溜地收场或退下。

聪明的人喜习惯性地把自己闪光的一面表现出来,智慧的人喜习惯性地把别人闪光的一面表现出来。如在聚会里或工作场合,聪明人嘴忙,侃侃而谈、聪明尽显;智慧人耳忙,注意倾听,注重给别人表现的机会，让别人光华尽显。

聪明人重细节，智慧的人重整体。聪明人知道“细节决定成败”“千里之堤溃于蚁穴”“天下大事成之于细”“千里之行始于足下”等道理，将细节或局部或人生九大成功的某一成功做得很好。智慧的人则注重整体、注重综合、注重统筹。

聪明者多烦恼，智慧者多快乐。聪明者由于没有达到智慧的高度、不明哲，没能搞懂人生诸问题即达到世事洞明、人情练达的觉悟境界，对他而言，人生皆苦，烦恼多多，且对聪明者而言烦恼与物质（钱权名）所得成正比。智慧者不仅能明哲、能搞明白或觉悟人生诸问题，而且还能达到“不以物喜，不以己悲”的超然物外之境界，因此吃得香、睡得快、快乐多，能诗意地栖居，让每秒光阴都变成黄金。

聪明人渴望改变别人，让别人顺从自己的意志或臣服；智慧者注重改变自己，顺其自然。企图改变别人必导致失望及人际关系紧张；而注重改变自己则素质日进，人际关系日佳。

聪明的人有知识，智慧的人有文化。聪明的人记忆好、知识多甚至什么都懂、都知道、都会。智慧者有文化，文化是关于人一切的东西，其核心是价值观与思维方式，即智慧的人有先进的价值观与先进的思维方式。

讲完了这两者的区别后，我还要说一句：本书主人公是大智大慧之人，他将许多人生大智慧体现在日常工作、生活的每一个方面。

作者于 2016 年 6 月 20 日

第一章 | 情趣篇 |

为什么不收藏当代名人字画

此友不仅专门收藏些假文物，也喜收藏些当代无名书画家的书画，不收藏古代名书画，那可是属于文物了。凡当代名人的字画，不要说买，就是别人送给他也坚决不要。除经济原因，担心、恐惧的原因，真假难分的原因外，还有以下原因。

1. 伟大的作品大多是超出时代限制的。凡能被当世人所欣赏，在当世能出名的书画家，多没有太大的收藏价值，从历史的角度讲也无太大的升值空间。

2. 在当代社会易出现媒商勾结或商业炒作，当代出名的艺术家多与媒体有合作，或利用媒体，或舍得在媒体上花大价钱，或媒体及商家认为是有利可图之人，而真正的艺术家尤其是艺术大家，他们没有如此强的交际能力及时间，也不屑于做此事。

3. 艺术是寂寞的，一位真正的艺术家更不要说艺术名家、大家，他们都喜欢寂寞，不热衷名利尤其是热闹、频繁社交。一个喜出名、喜热闹、喜社交、喜上媒体的艺术家，他不可能有较多的心力、精力、时间用在艺术上，而艺术上的成就是与投入的时间与心力成正比的，或以此为前提。如果喜欢上电视，出席宴会，作报告或讲话，他不仅不可能成为真正的大家、名家，而且连真正的艺术家恐怕也算不上。

为什么只收藏假文物

此友有个爱好，就是爱收藏些文物。也好收藏报花、杂志花，仅这“两花”的收藏，他已剪贴了几百本，一次一个港商要给十万港元他也没卖。好了，不说这个问题了，离题有点远了，只说此君收藏文物方面的与众不同之处：他只收藏假文物，不收藏真文物，他也常常逛文物市场，只要是真的或标价贵的，他看都不看扭头就走，即便是别人送他的，只要是真的，他一律不要。他这样做的原因有以下几点。

1. 文物专家、鉴赏家也难以搞清文物的真假，尤其是现代科技对文物有如此高的模仿能力。故没有必要去弄清真假。

2. 文物收藏有三大意义：赏美、保护文物、增值。此友认为作为商人，他不需要因此增利，因谋利都是企业行为，企业的获利是市场竞争的结果。即使一个人在知识、技术、见识、资质上有过人之处，但文物知识及鉴定技术太博大精深，几乎涉及方方面面，还要反复品鉴千万件真品，培养一种特殊的感觉，非专业人士及有特殊天赋之人不可为，也根本不是自己的长处，不是此友的追求所在；保护文物，尚无此能力、实力，需要的金钱可是天文数字。因此说此友收藏的仅仅是审美。美是能引起人愉悦的东西，故只要自己看着美，能使自己高兴、愉悦、激动就行了。即自己收藏文物只看重它的审美价值。

3. 真的也买不起。真的文物多是很贵重的，尤其珍贵文物动辄以百万元、千万元、亿万元计，不是能负担起的，故不去操此心。

4. 省去了买到赝品的许多揪心，故活得轻松自在。如果你想收藏真文物，你必生活在揪心之中。怕买假，又怕失去了捡漏或收藏绝品罕品的机会，尤其是在花大笔钱买到赝品后，自己的懊恼、后悔、揪心，那是难以用语言形容的。

5. 收藏珍贵文物等于藏祸。研究珍贵文物收藏史或辗转史，就不难发现大部分收藏、拥有珍贵文物的人，不仅天天生活在担心或压力、恐惧之下，而且还会因此带来人祸，甚至家破人亡。这样的例子自古不胜枚举，看看秦石鼓、虢季子白盘、毛公鼎等举世闻名的文物辗转史便可知一二。

为什么喜欢在夕阳下看寒鸦

夕阳下看寒鸦，这个寒指秋冬天，这个鸦不仅仅指乌鸦，还指鹰、鹤、鹭、雉等鸟，也包括没有鸟可看时，就在郊外看夕阳下的天空及天际线。按说此君是一个很忙、时间很紧的人，为何要拿出专门时间特别是在萧瑟的秋天、寒冷的冬天去郊区夕阳下看乌鸦——这个中国人眼中的不祥之物呢？

1. 乌鸦有助思考又是思考的象征。在欧洲，乌鸦不仅是思考之物，而且有近乎神鸟之誉。其一是喜欢在夕阳的黄昏下悠闲地飞；其二是它们往往向无限的昊空飞，易将人们的思绪引向深邃的天空，有利于人的思考；其三是乌鸦吃垃圾，对环境有利，在欧洲还被人称为“清道夫”；其四是乌鸦对环境要求十分苛刻，环境稍差一点点，它们就飞走或无法生存，故有乌鸦处也是环境较好处。

2. 夕阳下郊区或农村的风景最美。记得有位美学家说过：夕阳的金色，不是任何画家包括最伟大的画家能调得出来的，故懂摄影的人，会抓住拍摄的黄金时间。也就是说，在夕阳下观寒鸦，不仅有利于思考，而且是在欣赏每天大自然中最美的时光。

3. 享受最美好的空气与环境。如上所说，有乌鸦处也是环境优美处，相对来说那里树林茂密、空气清新，而且也较安静，在此处漫步赏夕阳及寒鸦，不仅身心俱爽，而且这种行为还有一种浪漫美、古典美。

可惜的是，在中国的有些城市周边已经很少看到寒鸦了，这是谁之过，我们不去探讨，但是我们每个炎黄子孙应重视保护自然，保护动物。

为什么喜欢流连森林

此君喜流连森林，只要有时间，他都要往森林里跑，还自我规定每周不得少于一次，无论再忙、再累，除非卧床不起（近身采访此君十余年，最敬佩他的事之一就是凡说过或决定做的事，无论再艰难困苦，无论作出再大牺牲，都会坚持不懈）。他到森林边后，可以用“扑”进去来形容他的迫切、他的兴奋、他的依恋、他的钟情……扑进去后，或漫步，或赏花叶，或聆鸟啼，或弹琴吟诗，或读书写作，十分惬意，如鱼得水，如云飘逸，如神仙入瑶池。下面我着重说说他为什么喜欢流连森林。

1. 森林是人类的起源处即心灵渴求处。从生物进化的角度，产生于大海（水中）的生物演变成四足动物后，主要栖居在森林，故人的心灵深处，有对水及森林的天生渴求，在森林里会有难以名状的舒适感、回归感、恬静感、甜蜜感。久不去森林之人，易生心理疾病。故当今许多文明高度发达的国家都注重在城市中建森林，达到“森林在城市中，城市在森林中”的目标。如美国纽约的中央公园，就是在城市正中央，在一大片贵如黄金的地段建森林，然后让城市在森林四周扩展。

2. 森林是产生思想家的地方。一是因为森林中负氧离子格外多，最利活跃思维、有利思考；二是森林中的花香叶馨也使人格外兴奋，人兴奋时思维最活跃；三是森林里安静的环境，有利于思考。

3. 读书写作效率更高。在森林中读书写作，首先是更有利于集中精力；其次是森林中清新的空气、充足的负氧离子，更有利于记忆及思考；再次是心情愉悦，效率自然更高；最后是远离城市再关掉手机，不会有人打搅，连行人也不会走进森林，这就更有利于读书写作。

4. 生活质量更高。喜流连森林虽不能决定生活质量高低，但有一点可以确定：去森林的次数、在森林中流连的时间长短，肯定与生活质量成正比。如不信，你只要闭上眼睛想一想：一个业余时间经常泡森林，与一个业余时间经常泡电视、电脑或酒桌、牌桌的人，生活质量有多大差别，自然会不言而明。

为什么喜欢山涧枕溪

写这个题目前，先要说说什么是山涧枕溪，就是在春夏秋三季，到深山山涧处，带野营帐篷或折叠睡床，选涧边溪旁，头枕或倚溪边涧石而卧，让溅起的溪水打在自己身上、脸上、发上，此曰“山涧枕溪”。小憩之后起身依涧对溪或弹琴或读书或啸或思或饮酒，或什么也不做，什么也不想，只对溪发呆，任飞溅的溪水亲吻自己的脸颊、眼睛、头发……不知今夕何夕（我第一次邂逅此君就是他在大山深处的涧旁弹筝）。下面说说此君为什么喜欢山涧枕溪。

1. 有飘飘欲仙的感觉。“仙”这个字，拆开看就是人在山上。从某种意义上讲，人在山上即成仙，而且进山越深，仙的感觉或情景越浓。何况还有山溪冲溅涧石清脆的悦耳声，大有仙乐（天籁）之感。此外，大部分文学作品中的仙境尤其是神仙居住处没有一个在平原上的，无不是在山里的。

2. 与山水作最亲密接触。到山涧枕溪，等于与大自然作最亲密接触，因涧与溪是大自然的典型代表之一，依涧枕溪即以溪为枕，以涧石为床，实乃以大自然为枕为床，等于将自己最大限度地融入了大自然。

3. 最大限度地接近仁与智。古人说过：仁者喜山，智者喜水。而涧石是山之骨，溪水是水之脉，以溪为枕，以涧石为床，等于与山之骨、水之脉相融相倚，真正将山之仁、水之智最大限度地吸入你的骨子里，使你更仁、更智。

4. 最浪漫或本身创作了行为美。先说其浪漫：烈日之下，林木阴翳之旁，涧石之侧，山溪之阳，独自一人头枕溪水，任溅起的水花吻脸，琴、书、酒、笔散落左右，这是人生何等浪漫之事。再说行为艺术美，将以上内容作画一幅，那溪之清洌、浪花之清澈、山岩之高峻、疏树之青葱、乐器书笔酒之浪漫，外加行为之高雅独特，那将是一幅多么立意深远的“独枕清溪图”。

5. 让身心得到最大休息。在此景此境下枕溪小憩，溪水为之唱安眠曲，涧石为床、阳光或阴翳为背、鸟虫为伴，身心是何等放松、何等惬意、何等快乐……

为什么喜欢仰望星空、舟中弹琴、花间阅读

此君爱好广泛，读完此书读者朋友就不难知道他琴棋书画、吹拉弹唱，围棋、国际象棋、桥牌、跳伞、滑雪、滑冰、骑马、射击、潜水、足球、排球、篮球、网球、羽毛球、乒乓球、高尔夫球无所不玩。除此之外他还喜欢仰望星空、舟中弹琴、花间阅读。

所谓喜欢仰望星空，即此君喜欢在无月或月色特好的夜晚，独自一人仰望星空或月下徘徊；所谓舟中弹琴，即在风和日丽的白天租一小舟，放流于江湖之上，任其漂流，在舟中弹古筝或古琴；所谓花间读书，即到郊外农村或深山之中寻一花丛（尤其是农家油菜花盛开时)，带一可坐可躺的凳床，置于花间，一卷在手，再在花间泡青茗或自磨咖啡，用自带的火炉亲煮，边品边读。

为什么喜欢仰望星空？一是他喜欢星空，觉得仰视灿烂银河，群星闪烁，是在欣赏一种人间至美；二是在仰望星空时心底特别惬意，有种与初恋情人约会的甜甜的感觉；三是享受星空下的宁静，尤其是严冬时分；四是喜星空下的蝉鸣蛙声，大有“稻花香里说丰年，听取蛙声一片”之感；五是最重要的一点，星空的深邃，不仅能将自己的思绪向纵深无限引领，星空的神秘激发了他探索的热情或好奇，而且在欧洲，星空就是哲人哲行哲思的代名词，欧谚有“星空下是产生哲学家的地方”。

为什么喜舟中弹琴？其一是在舟中弹琴时心情更愉悦，心情更愉悦不仅琴弹得更好，而且当下的生活质量更高（大智者的特征之一是珍惜注重当下，而珍惜注重当下的表现之一就是让当下的每一刻更充实、更快乐、更有意义）；其二是浪漫，试想在碧波或溪湖之上，任扁舟漂荡，衣着简陋看似工农之人，抚琴挥动，令山水皆响，是何等浪漫之举；其三是大有古人之风，稍通古典文学的人都知道，古之高人雅士、名媛，皆喜舟中弹琴，如白居易的《琵琶行》就是写船中弹琵琶女子，苏轼《江城子·凤凰山下雨初晴》是为在湖中弹筝的女子所写，古之男子在舟中弹琴的自然也多，只不过没有美丽女子能引诗人、诗情及灵感；其四是舟中水波荡漾，来回晃动，更天生与音乐合拍，更有利弹琴；其五是声音在水面上更有利传播；其六是在水上或岸边听乐，由于水波及风景美的原因，也更有利理解或陶醉于琴声，也即有利于觅得知音。

为什么喜花间尤其是花间（圃）读书？第一，这是一举多得之事，在读书时既能赏花观蝶又能闻香嗅馨，还能呼吸更新鲜的空气，可谓赏心、悦目、润肺、宜耳；第二，心情愉悦，读书效果更好，记忆力更好；第三，花间的馨香及大量负氧离子，会使思维更活跃、记忆力更强，更有利思考、创作；第四，更有利身心健康，在花间读书不仅景色好、空气好，更重要的是在泥土上的花间，更接近大自然。医学研究表明，多接近大自然，尤其是大自然中的泥土，对人的身心健康尤其是心理健康很重要；第五，是何等浪漫及情趣之事；第六，有利于生活质量的提高。

为什么对茶及咖啡是“六喝六不喝”

在这篇文章之前我要说四句话：第一句话，一个人一个民族一个国家的生活质量、幸福指数往往与茶及咖啡的人均消费量成正比；第二句话，茶及咖啡皆思考之物；第三句话，懂茶道是一个人拥有较高智慧的象征；第四句话，咖啡既是思考之物又是浪漫之物。根据以上四点，以及阅读此书的读者对此书主人公的了解，都会毫不犹豫地判断出此君喜茶及咖啡，甚至可能会“嗜茶如命”，会随时喝、处处喝、大量喝或像鲁迅等文人雅士一样，对之形成依赖，但是你错了（此君对自己的要求之一是：像格林斯潘那样，当股民判断他会如何如何时，结果告诉你——你错了!）。此君对茶及咖啡虽是至爱，如同大智者或大情者对至爱那样，绝不轻易触碰或经常黏在一起，他对之把握的态度是“六喝六不喝”。

1. 作思考或浪漫之物时才喝，作解渴之物时不喝。如果说咖啡不作解渴之物或渴时不喝，大家可能都还能理解，因日常生活中很少将咖啡用来解渴的。但是茶不作解渴之物，恐怕部分人无法理解。因为在大部分或绝大多数人的观念里，茶水是日常给身体补水之物。在此，我只说说此君为何认为茶叶不能作为解渴之物：茶从本质上讲：一是清心之物；二是思考之物有佐思的功能；三是茶同咖啡一样只能小口喝即品，大口喝叫“饮”，再者“品”乃三个口，即超过三口就不为品了，也即失去了品茶应有的优雅、宁静了；四是茶及咖啡主要功能是提振精神，绝不能从解渴即物用的角度去“践踏”它。

2. 是自己喜欢或选的茶及咖啡才喝，不是自己喜欢或选的茶及咖啡不喝。茶及咖啡既然是优雅之物、美好之物，绝不能随意待之，信手乱用。对茶及咖啡，此君要求甚苛，他宁肯不喝也绝不轻易喝、随意喝、随处喝，更不要说滥喝了。他一是租了个小茶园，每年参与种、摘、炒，保证不施化肥农药，这样不仅有机、绿色，而且自己投入时间，心血之物，品时会更惬意、更满足，还“别有一番滋味在心头”；二是购置专门放茶叶的冰箱，因为绿茶对温度的要求极高（0—5℃），否则24小时就会渐变质（典型的是变黄），市场上的茶叶在储存、运输中极难做到这一点，即绝大多数都变质了；三是他不仅选自己喜欢的咖啡香味，而且还自购了咖啡机，一般情况下自己磨、自己煮，这样不仅在嗅觉上感觉更香，心理上也会更亲切、更喜欢、更惬意。因此交际场所，包括茶馆、咖啡馆提供饮品的质量很难达到此君的要求。

3. 适宜的场合、气氛、环境下才喝，不适宜的场合、气氛、环境下不喝。适宜喝茶及咖啡的场合、气氛、环境是指在专门的馆内或书房里、宁静的环境或温馨愉悦的气氛下，此君才喝被称为“叶嘉君（茶叶）”和“上帝恩赐物”的咖啡。

4. 闲暇或悠闲时喝，没有闲暇或足够宽松的时间不喝。茶及咖啡不仅是现代崇尚的、较高品位的、慢生活的一项重要内容，而且作为思考之物的茶及咖啡，如果匆忙、急促，还有喝（品）它们的实质意义吗？再者，思考与智慧是孪生兄弟，只会产生于静（慧由静生），静产生于闲暇（试想匆忙还能有安静吗），匆忙下喝此就不再有其本质或重要的意义了。

5. 独自或与有思想的人喝。在独处时、与有思想人对品时，才能配得上茶及咖啡这两个物中尤物，否则不仅有暴殄天物之嫌，而且也达不到“品”之高境。

6. 有合格的水及器具且自己冲泡才喝，不是自己或合格人士冲泡、没合格的水不喝。尤其是绿茶，不仅水质要佳、水温要恰到好处（不同的茶尤其是毛尖对水温要求极严），而且冲泡的技巧、技术、方法都十分讲究，过及不足，都会影响其色香味形，故非自己或懂行人冲泡的不喝。

写到这里，需要说明一点，此君虽酷爱茶及咖啡，但是绝非天天喝，有时甚至一连好几天都不喝一口（只喝白开水），这不仅是宁缺毋滥的原因，更重要的是此君的一种坚守。有诗为证：人间只爱茶与咖，神仙做梦也想咂，可惜非是解渴物，六景不备不碰它。

为什么每年要关掉手机到江河漂流

此君有个习惯：每年春秋气候宜人时，关掉手机，带上乐器、酒、书、笔、饮食五样东西，租个小木船，到江河湖泊或大水库去漂流一天，任小船自由漂流，自己在船上或躺或坐，或弹琴吟咏，或对流水独酌，或读书写作，或静静地对着水面发呆什么也不做，只对水凝思，或对水独啸，不知今夕何夕……凡读此书的朋友都不难知道，此君是个惜时如金的人，拿出一天时间在江河湖泊任意漂流，好像不是此君的风格，那他为什么要这样做呢？

1. 为了更好地思考、品味、学习水的智慧与品德，并对照反思。此君曾在书房请著名书法家写过一幅字：“师水”。因为他觉得水是大自然至德、至慧、至力、至伟之物，最值得人效仿（人法地、地法天、天法道、道法自然）。水之德、之慧、之力、之伟处：

一是公平（水平如镜）；二是灵活（遇热为汽、遇寒为冰、常态为水）；三是目标坚定不移，无论千曲百折、路程再远，最终流向大海；四是包容性，污泥浊水、鱼虾虫藻都不拒绝；五是韧性，如滴水穿石；六是愈挫愈勇的斗志或精神，越堵它它越激昂、冲撞力（前进力）越大；七是清廉性，质本洁来还洁去，最终还会成为清水；八是利他性，水利万物而与万物无争，故万物依赖之（万物都离不开水，人体内水占60%以上）；九是温柔性，正如秦观所说“柔情似水，佳期如梦”；十是神秘性，既柔又烈，既载舟又覆舟，既为善亦可为害，（使人）既喜又畏；十一是坚守性，能洗涤万物而不被万物所（最终）污染；十二是可鉴性，它能倒影万物，使万物看清自己的真面目；十三是永恒性，不竭江河万古流；十四是淡泊性，淡不仅包括少欲、无欲（欲则愚），而且可明志（淡泊以明志）、明慧，正如有一副古对联：竹直心虚乃吾友，水淡性泊是吾师；十五是深邃性，它恐怕是大自然最深邃、最深不可测之物了，马里亚纳海沟深达11034米；十六是水能涤心，你久久对一潭溪水，就会感觉格外干净、明净、恬静；十七是水是美的化身，不信你看美丽的风景画，大部分是离不开水的，连美女也被形容为水灵灵的，贾宝玉形容大观园的美女们为“水做的骨肉”；十八是水乃善良的化身，如古人云：上善若水，水利万物而不争，中善若竹，竹需其心而向直，下善若刀，刀分是非而威武。此君在水中漂流的第一任务乃思水、师水也。

2. 此君对水有特别的感情，即特别的喜欢。见水尤其是漂在或融身在大自然清澈的水中，其一是特别兴奋；其二是内心特别恬静；其三是有回到母亲子宫里的感觉；其四是觉得特别幸福；其五是有一种宠辱皆忘、去留无意的感觉；其六是小船在水中起伏的节奏感。可以说近水、赏水、玩水，是他或者是人类共同的心灵呼唤（只不过被物欲蒙蔽了双眼的俗人们，顾不上或没此情趣罢了）。

3. 是此君丰富多彩或浪漫生活的一项重要内容。人生最怕厌倦，尤在衣食无忧之后，而厌倦的根因则是单调，故要通过生活中的浪漫使自己的生活丰富多彩。再者，浪漫生活也是提高自己生活质量或幸福指数的一项重要内容。

4. 水中弹琴更有韵味、更合节拍，音质更美、更灵动、更悠扬。无论是白居易笔下的琵琶女，还是苏轼的“忽闻江上弄哀筝”，都是写在水（江）上弹琴的事。船漂在水上，船的起伏不仅正合拍节，使人更投入，而且琴声在水波上显得更悠扬、更灵动、更有韵味。

5. 远离喧闹，使自己的心灵或灵魂受到大自然洗涤。这与平时泡大自然，即在山中、林间、溪边、湖畔读书写作泡大自然还不同。在江河湖泊中任意漂荡，无论是行到水穷处（坐看云起时），还是漫无目的不知将漂向何处，但这个何处好像隐隐约约就是心灵或灵魂归宿处。反正，心灵舒畅、放松、宁静，好像久未洗涤之人，突在温泉浸泡洗涤后的身心舒畅。

为什么雨中从不打伞

此君有个习惯，无论春夏秋冬，无论雨大雨小哪怕暴雨，除特殊场合如重大会议或外事活动外，他从不打伞，也从不带伞，并且还从内心深处看不起雨中打伞的男人。他为什么从不打伞呢？

1. 不打伞更能锻炼自己的抗风寒能力即抵抗力。一个能栉风沐雨的人与一个弱不禁风的人，其抗风寒的能力即抵抗力是不可同日而语的。尤其是常被雨淋湿，甚至淋透的人，抵抗力自然会相对增加。

2. 作为男人就应经得起风雨。男人首先应是个硬汉形象，正如关汉卿所说："我是个蒸不烂、煮不熟、锤不扁、炒不爆、响当当一粒铜豌豆。"这个铜豌豆就是海明威笔下的渔夫圣地亚哥的那种硬汉形象。如果你大小下个雨就不出门，不得不出门时作为大男人，也像个缩头乌龟时时钻在伞下，这是真正的男人所不屑的。

3. 雨中打伞就没有了雨中散步的浪漫。在诗人及文学家的眼里，雨是浪漫的象征。有位诗人说："风是仙女的叹息，雪是仙女的舞蹈，虹是仙女的裙摆，雨是仙女的香泪。"总之雨是浪漫的象征，尤其是雨中漫步、散步，好像仙女腮贴你腮，在往你脸上抛洒香泪。

4. 不打伞更有利欣赏雨中风景或美景。雨的淅沥、雨的朦胧、雨的潇洒、雨的甜吻、雨的清新、雨的温存、雨的凉爽、雨的可人、雨的娇媚、雨的狂骤、雨的飞扬、雨的轻盈、雨的婆娑、雨的公平、雨的疏密、雨的激昂、雨的起伏、雨的亲密、雨的音乐、雨的节奏、雨的遐思……只要你有一双发现美的眼睛，有欣赏人世间一切美的赏美能力或美学基础，那么置身雨中就等于置身美中，这个美还动态地、玉人般地将你包围——不，是包裹。写完这段我想起了李清照的诗：枕前诗书闲处好，门前风景雨来佳。

5. 最难得有雨中不打伞，即喜雨中漫步的心境、情趣。记得我初学创作时，曾在报纸上发表过一篇文章《你还有心情踏雪吗》，那是在自己踏雪归来，尤其是如此漫天白雪的美景，竟被我一人独占的欢喜加惆怅、感叹的心情下写的，引来了不少读者来信。一个人，尤其是城市里的白领或成功人士，若还能有心情、情趣、雅致在雨中（不打伞）漫步，去赏雨中的景、雨中的叶、雨中的林、雨中的花、雨中的天、雨中的云、雨中的泥、雨中的水、雨中的湖，尤其是欣赏雨拍击水面的涟漪，听雨滴声的悦耳，真有“会稽山可当百死”之感。此时真的感到大自然之美好，生为人之有幸，当下之难得理应百倍之珍惜，以及在刹那的、限量的世界里，寻求极量的、永恒的快乐与幸福之感。

为什么别人升官发财与己无关

此君无论经商、做官皆超出常人想象。白手做生意时，15 岁成了万元户，总资产当时可在城里购近 20 套房子。在县里做官，从办事员到县委常委只用了三年零几个月，那时才 30 岁，但是后来的 20 年，以他的能力、智慧，已经进入了升官发财的快车道，但是此君找了个此时适合自己的位置后，在正值自己升迁和发财的黄金年华里，一晃十几年原地不动，既不升官又不发财，弄得社会上一些俗人、势利小人直接当面说他不行了，没有升迁的希望了。他听后根本不生气，更不解释，只是付之一笑，试想一个在升官的黄金时间近 20 年原地不动的人，谁会想到他还行呢？不仅不升官，还不发财，他掌管一个有上万人、上千亿元的大企业，想发财还不容易？不仅不发财，而且自己每年百万余元的年薪还秘密捐出绝大部分，不仅自己不花也不留给孩子，导致孩子“威胁”要同他断绝关系。好了，现在说说他为什么这样做。

为什么别人的升官发财与自己无关呢？一是此君的人生不以升

官发财为目的。以升官发财为目的那等于走入人生万劫不复的深渊，可惜非大智大慧及深谙人性的人，即便你与他说三天三夜他也不会明白的。二是升官发财是条不归路。其如同癌细胞，只会扩散，只要你将人生价值定位在升官或发财，你都永不满足、永不会知足、知止，更不会知退，只会一个欲望接一个欲望。科长想处长，处长想局长，局长想部长；一万想十万，十万想百万，百万想千万，千万想亿万，亿万想福布斯，福布斯（时）想首富，一国首富还想当世界首富……结果一身病、一身骚、一身怨、一身罪，并以婚姻、子女教育、生活质量、人格道德甚至自由及生命为代价。三是从小我（小乘教法）的角度讲，人生的理想无非理想的生活，即使人生几十年活得有生活质量、幸福指数高（幸福），没有钱是不行的，但纯粹以挣钱（升官发财）为目的更不行，最好的状态是以简朴生活为前提的财务自由（基本的物质保障）下的有健康、有闲暇、有情趣、有知识、有见识、有才艺、有品位、有个性，而这些都与将升官发财作为人生价值相悖。四是物质（包括钱权）上的知止是人生大智慧。知欲是兽、知进是人、知止是智、知退是圣。五是以钱权为主要内容的物质，在幸福指数里只占很小比例，且是平行曲线，到 0. 20 顶多 0. 25 后不再上升，甚至钱权越多，越损幸福指数。

如何做到“别人的升官发财与己无关”。就是首先自己将自己的一生定位清楚：自己想要什么、在乎什么、适应什么，而非从众或人云亦云、人要亦要。其次是将人生重大问题想清楚了：人生的最大价值是什么，从“小乘”或“大乘”两个角度讲，自己的人生最大价值是什么。先从小乘的角度将自己“自度”为幸福（生活有质量、让每秒光阴都变成黄金）之人，进而再从大乘的角度，

“度人”得幸福。而自己的幸福则需要“九有”：有钱财、有知识、有健康、有闲暇、有情趣、有才艺、有品德、有思想、有个性。再次是从不嫉妒别人的升官发财，更不羡慕别人升官发财，只是同情可怜那些痴迷地将升官发财作为人生全部价值的人，并觉得他们愚蠢到了可笑的地步，为了用不着的钱，甚至是可以带来负担及祸乱的钱而牺牲自己的健康、闲暇、个性、亲情、婚姻。最后是明确自己想要的、树立自己的大目标，心无旁骛地在使自己能诗意地栖居、生活有质量、幸福指数高的前提下，将素质成功作为人生的最大追求，不断创造，学习各种知识、技能，以退休的姿态悠闲去生活，以高考学生的争分夺秒抢时间，在刹那的、限量的现实生活中寻求极量的充实与快乐。

为什么没有烦恼

截至目前，笔者已近身采访此君近 12 年，任何时候，无论顺逆、病康、得失、劳累、委屈之时，从未见他烦恼过、不高兴过、纠结过。我顿觉奇怪，难道作为负责管理一万多人的大公司的老总，就没有烦心事吗？我盯住此君反复问了三遍，他才缓缓道：“不是没烦恼，而是不烦恼。”我听后大惊：“没烦恼”与“不烦恼”这一字之差，包含着多么大的不同人生智慧及人生境界啊！

1. 健康地活着就是一个人最大的幸运及幸福。试想，世界上每天有多少人死于意外，有多少人重病卧床，有多少人年纪轻轻的甚至幼时就得了绝症，多少人头天晚上睡下次日早晨永远起不来……我们能不出意外地、健康地活着，又是多么的幸运，多么的幸福。

2. 想想世界上还有多少人温饱没解决，以及没房住、没钱看病，不能解决日常基本生存问题。据联合国科教文卫委员会调查，全世界约 5 亿人生活在日均支出 1.92 美元的贫困线以下。自己过上了有房住、有饭吃、有钱看病的日子，还略有存款，这该是多么幸福啊！

3. 世界上约有 3 亿人没有受过教育，小学没毕业的还有近 10 亿人，自己受过高等教育，孩子也有条件接受高等教育，这又是多么幸运及幸福之事。

4. 世界上有多少人为没有婚姻、没有爱情或婚后不生育子女或子女出意外（包括不成器）发愁，甚至忧心忡忡或波及家人（尤其是父母）不安，而自己在这几方面都无缺憾，这又是多么幸运、幸福之事啊。

5. 烦恼是一个人无知、愚昧、不智慧、不觉悟的体现。一是烦产生于愚昧（无知或不智），有哲人说"大智若稚子"（无忧无虑无烦无恼即活泼并快乐着），就是说只有大智者才能做到像稚子般的快乐，无烦恼忧愁；二是烦恼都是自寻的，是一个人境界不高、胸怀不广、见识不高远、心胸不阔达、人生不智慧（觉悟）的体现；三是烦恼都是一个人不懂哲学、没有哲学基础的表现。因哲学即关于人生诸问题的学问，不通哲你就不可能透悟、彻悟、觉悟人生诸问题，如得失、爱恨、福祸、顺逆、穷富、贵贱、生死、成败等人生诸问题的两面性、多面性、循环性、无常性、相对性，更不具备对人生诸问题透过现象看本质的能力及智慧。

6. 烦恼对健康及幸福伤害很大，或从某个角度讲等于葬送了健康及幸福。首先，为什么说烦恼对健康伤害很大，或葬送了健康呢？一是烦恼这个负面情绪会严重影响免疫力，导致免疫力下降；二是烦恼这个负面情绪，易导致人体内分泌紊乱；三是烦恼影响消化，胃最容易受情绪影响，尤其是不良情绪的影响；四是烦恼本身就是心理疾病，而心疾导致身疾，因 80% 的生理疾病缘于心理因素。其次，为什么说烦恼对幸福影响大或从某个角度说等于葬送了幸福呢？一是幸福是快乐的恒久化，而烦恼等于失去了快乐即失去了幸福；二是幸福是一种良好的心情及对自身所处环境良好的感觉，而烦恼则使人没了好心情，同时烦恼又是对自身所处环境不满的外在表现。

7. 是庸人自扰或杞人忧天的典型表现。记得有一位哲人说过："天下本无事，庸人自扰之。"关于"杞人忧天"这个典故，想必一般人都会知道，试想一个人只要有饭吃、有房住、有事干、有亲人友人可见，甚至只要还活着，又有什么可烦恼、可忧愁的呢？

8. 烦恼必生埋怨，而埋怨像口臭一样会使你成为人见人躲的不受欢迎之人。而你一旦成为不受欢迎之人即人际关系不佳之人，那么幸福必将离你渐行渐远。

9. 快乐、烦恼都是一天，何苦呢？烦恼就等于失去快乐，失去快乐就等于失去幸福。再者，烦恼不仅于事于己无任何益处，还对你人生最重要的几件事不利：健康、成功、幸福及和谐的人际关系。作为一个高灵性的人，何苦如此痴迷不悟呢？写到这里，我想起了李叔同的一句颇具哲意及大智慧的话："咸有咸的味道，淡有淡的味道。"可惜不通禅、不通哲者，对之是难以真正解读得透的。

最后，我还要说一句：对世俗之人而言，衣食无忧后烦恼往往与你的钱、权、名、欲成正比，即越是世俗成功人士，若无此书主人公的大智大慧，其烦恼会越多，即健康、幸福会被这挥之不去的烦恼，如温水煮青蛙般渐渐吞噬。

第二章 | 做人篇

为什么忙人所闲、闲人所忙

此君的所谓“忙人所闲”与“闲人所忙”，意思是这样的：“忙人所闲”是指社会上大多数人，尤其是多数人都不追求、不重视的，他反倒重视、追求，如读书等；“闲人所忙”是指社会上大多数人，尤其是主流社会的人都追求重视的，他反倒不去追求，不在此方面下功夫，或干脆放弃这方面的追求。

首先说说为什么“闲人所忙”。一是“人所忙”即大家都追逐的大多是庸俗的，多即俗嘛，如当今绝大多数人都为钱权疯狂；二是追求“人所忙”，不论其意义、价值如何，常常是低效的或事倍功半的，因为你的竞争对手多；三是“人所忙”的，不一定也是你最在乎、最需要、最适合你的。如当今人人都在忙着挣钱，这并不是最适合你的或与你的幸福划等号的。从小乘教法的角度讲，人的终极追求是幸福，而幸福在衣食基本有保障后，仍是一种健康、简约、自由、闲适、个性的生活。

其次再说说为什么“忙人所闲”。第一，别人所闲的即众人都或大多人忽略的、不屑的方面或领域，你去追求或努力，效率最高，可收到事半功倍的效果，即更易出成绩；第二，竞争对手少，少了许多人为的干扰；第三，从经济学角度讲，稀缺的才是珍贵的，如对人而言最重要的莫过空气，然为何一文不值，不稀缺也；黄金对人可有可无，无之一点也不会影响你的生活及幸福，为何反贵重，稀缺也。因此说，众人都忽略的、不重视的，甚至不屑为之的，由于都不追求或多不追求，恰恰成了稀缺资源，从长远的角度讲，反变得贵重了，如当今人们多不读书（读闲书、无用之书才为读书）、多不重诚信、多不重长期坚持运动、多不重精神（灵魂）生活等。如果在多数人都忽略、不屑时，坚持下去，以“十年磨一剑”的精神或坚持，你一定能笑到最后——笑到最后的，才是笑得最美的。

为什么在日常目光所及处到处都贴挂座右铭

在这十几年近身采访中，我发现此君经常在生活、工作的地方，贴有各式各类的座右铭，并且定期更换。他书桌上的座右铭是“书读无厌念我任重道远，笔耕不倦任他飞短流长”；他书房的床头挂的是“寂寂寥寥某某（此君的名字）居，读读写写半床书”；他的跑步机旁挂一长剑，左边贴“壮士腰间三尺剑，男儿腹中五车书”，右边贴的是“文明其精神，野蛮其体魄”；他客厅挂的是“去留无意观天上云卷云舒，宠辱不惊看庭前花开花落”；他办公室的办公桌墙壁上挂着“无终日”；办公桌对面的墙上挂了幅绝巘之上的《病鹰图》，一看似有病之鹰在绝巘之上待飞，虽蜷伏看似瘦弱无力，但两眼中放射出智慧、刚毅、神气、深邃、正直、光明之光，眉批也是他的座右铭是“养浩然正气，著天下文章”；他车上的座右铭是：“将军赶路，不追小兔”“逝者如斯夫”；他家厨房里贴着“一粥一饭当思来之不易，半丝半缕恒念物力维艰”；他家餐桌上贴着“食物是上帝的恩赐，浪费食物者必遭天罚”；他睡觉的床头挂着“将生命的每一天都当作最后一天”及“多睡一分钟，死亡六十秒”等。在这里，只说说此君为什么在日常生活、工作的目光所及处都贴挂座右铭。

1. 时时以此鼓励自己。记得有位哲人说过：伟大常是受鼓励的结果。一个人如果不经常受鼓励，他的潜能、激情、活力、创造力很难发挥到最佳，尤其是很难长期发挥到最佳。

2. 座右铭也即目标。一个座右铭，就是一个方面的目标。如“书读无厌念我任重道远，笔耕不倦任他飞短流长”，实际就是树立了自己一生都要坚持读书写作，读到老、写到老、学到老、奉献到老的目标。另外，目标对人很重要，一个人若是没目标，就相当于在波涛汹涌的大海里航行却没罗盘一样，迟早会触礁的。

3. 没有座右铭的人境界品位多是不高的。当然，这里要说明的一点是：座右铭不一定要挂起来，在你心里能成为你行为准则，或努力方向的即可。

为什么 20 岁时就树立 100 个人生大目标

此君在 20 岁时，刚参加工作的第一个月，还在一个小山村当教师时，就经过深思熟虑定了 100 个当时人们认为不可想象、不可理喻的甚至是可笑的人生目标，如在北京买房、当教育厅长、写 20 本书、活 100 岁、周游世界五大洲的主要国家、会开飞机还有登月等，当时的同事看到时，笑得前俯后仰，差点没喷饭。可 20 年后此君的 100 个目标竟然实现了 87 个，他随之又定了 100 个更大的目标。下面说说为什么要制定当时看似不可能实现的这些大目标。

1. 天下事，只有想不到的没有做不到的。敢想不一定能成功、能实现目标，但不敢想一定不能成功、不能实现目标。再者，人类能登上月球，还有什么事做不到，就看敢想不敢想，之后是否不懈的一日一时也不放弃地为之努力。

2. 远大的目标可以激励人，还可在心中形成潜意识。科学实验表明：人的远大目标树立后，只要不是心血来潮时树立的，只要时时盯着它、想着它，就会使自己的各方面潜能受激励，同时也使人更兴奋、更高效。如此如果一生坚持不懈为之去做，只要不过分脱离实际的目标，焉有不能实现之理！

3. 有大目标才能有大作为。社会学家经过调查研究发现：人生的目标与成就成正比，若一个只盯着每年收成的农民，他肯定当不了农业部长或农业科学家。

4. 有大目标才能让你不懈怠、不厌倦、不流入庸俗或低级趣味。一个人如果没有大目标，尤其是那些有能力、有智慧的人在衣食无忧、有房有车、吃穿不愁的情况下，很易懈怠、厌倦、庸俗及对低级趣味产生兴趣，这将使你的人生陷入万劫不复的深渊。

为什么说话要“过三关”

此君口才很好，是一个超级演说家，曾在多个大学 20 多个不同专业的学院演讲且从不备稿，坐那儿一讲就是半天、一天，听讲的没一个人愿去厕所，但是他在日常生活中包括在对与他同事的人讲话都很难、很慢、很吝惜，崇尚“吝言胜吝钱”，有时一天对同事难得讲一句话，而且说话必须“过三关”：可以不说吗？有副作用或伤人吗？必说时可换个表达方式吗？

1. “可以不说吗”的好处或多言的弊端。其一，言多必失这是千古真理；其二，日常言语多少，与人的灵性贵贱成反比，看看动物界，高灵性或高贵的鹰、鹤、狮、虎、豹，很少见它们发声（发则天下惊），而低灵性或在食物链低端的雀、蝉、鸡等则整天叽叽喳喳地叫个不停；其三，“万言万当，不如一默”，祸从口出，多言多辱，多言多敌；其四，多言不仅浅薄，也不利深思；其五，多言显得一个人没修养、没素质、不沉稳，“紧张嘴，慢开口”是一个有修养、沉稳的人的必备。故对大智大慧的此君而言，不仅慎言而且惜言如金。

2. 言前思考“有副作用或伤人吗”的好处。一是无数史实证明人世间80%以上的矛盾、误会、怨愤、仇恨、纷争及至战争都因为语言，而且是伤人的话、有副作用的语言；二是有此思维是智慧的表现，因“智慧的人嘴在脑上，愚蠢的人脑在嘴上”（想说什么脱口而出）；三是语言伤人胜过剑戟，因剑伤人一时，语言伤人一生，剑多是伤人筋骨，语言则伤人心理及灵魂。

3. “可以换个说法吗”的好处。第一，如何表达，这对人生成败、福祸、幸与不幸十分重要，哪怕是对下级作指示，商量的语气就比命令的语气效果好几倍；第二，人的成败因素中语言占80%，行动只占20%，而最佳表达方式又占语言中的大半；第三，最佳表达方式有利沟通即有利对话，要知人与人之间，无论上下级、同事、情人、友人，没有良好的对话沟通，必有僵持或对抗。

为什么要做“六像之人”

此君的200个人生目标中有一个目标是“做六像之人”，即像农民那样的勤劳节俭，又像文人士大夫那样的享受精神上的愉悦；像退休老人一样悠闲、轻松，却又像高考学生那样争分夺秒；像世俗之人那样庸碌平凡，却又像高人雅士那样个性、自我。

1. 为什么要像农民那样勤劳节俭，即像农民那样在日常工作中劳作、辛苦、任劳任怨、早出晚归，在物质生活中又十分节俭，甚至连消费也仅保持最低消费。因为作为一个人，首先是不尚劳作，一懒即惰；其次是不尚劳作的人身体机能必下降，即对健康大大不利；再次是习惯优秀是人应培养的各种好习惯中第一重要的，故此君能在早 5 点起，23 点睡，20 年如一日；最后是物质生活的奢侈度，不仅与精神的高贵度成反比（故此君生活最俭，总穿最便宜的衣服、吃最便宜的饭菜），而且从经济学的角度讲无此必要，从预防保健的角度看反倒有害，从时间管理的角度看反倒不智。故农民的勤劳节俭，虽不是人类共同追求，却理应成为智者或高素质者的修养追求之一。

2. 为什么追求像文人士大夫那样的精神享受。所谓这种精神享受，就是指精神生活十分丰富，能使自己不仅做精神富翁，而且能做精神贵族。一是在兽、人、神三类，人的精神生活丰富度，决定人趋向神还是趋向兽；二是丰富的精神生活是人幸福的重要或决定因素。因物质生活在衣食得到基本保证之后，不仅在幸福指数的比例中不再上升，而且在幸福指数中所在比例较小，无论再富再奢侈，也超不过精神生活的 1/4；三是精神生活越丰富，不仅生活越有情趣、越有质量、越有品位，而且智商也越高，思维方式也越灵活、宽广、科学。故此君物质生活极简、精神生活极丰，如他几乎所有的球类竞技运动都会，几乎所有的棋类都会，还会 20 多种乐器，擅长书法、绘画，会潜水、跳伞、滑雪，还在学习冲浪，还会写诗、填词、作曲、摄影……

3. 为什么要像退休老人一样散漫、悠闲、轻松。第一，闲暇是人生高质量或幸福之基；第二，闲暇时间多少与社会文明进步成正比，如社会的发展、人类的文明进程，从某个角度讲与人类的休闲时间增加成正比；第三，轻松没压力或压力小，不仅是幸福之基，还是健康之基，与之相反的紧张、压力、匆忙、焦急等现代社会普遍流行的负面情绪，是健康的大敌，致癌的主因；第四，闲暇是智慧之基，因为没有闲暇就没有安静，没有（安）静就没有（智）慧，因为“慧由静生”；第五，没有闲暇就难免匆忙，匆忙从某个角度讲是一个人低灵性、没能力、没修养、没品位的体现；第六，过一种悠闲、从容、节约、舒缓、简单的慢生活，即远离压力、匆忙、急迫、焦躁的生活。

4. 像高考学生那样争分夺秒。这种说法看似与上段内容相矛盾，其实并不矛盾。这是一个问题的两个方面：其一，时间即生命、惜时即珍惜生命，因生命无非是几十年的时间；其二，管理时间的能力是一个人最大的能力之一；其三，注重分秒，是高效率的前提条件之一；其四，争分夺秒可使时间利用效率极高，也可挤出更多的时间，正如一位名人所言：用分钟计算时间的人比用时钟计算时间多59倍。

5. 为什么要追求像世俗之人那样平凡无奇。此君是个大智、大才、大德、大能、大情、大趣、大雅、大志、大悟之人，可他为什么要将追求平凡无奇作为自己的座右铭呢？一是不与凡俗庸碌的人打成一片，必将成为众矢之的；二是在众人面前如显出特立独行、与众不同，会处处与人格格不入；三是显露个性或慧能，必破坏身边人们的自大自恋情结，人际关系必不佳，只要人际关系不佳，不仅会处处掣肘，也会葬送自己的幸福。

6. 为什么像春秋魏晋高人雅士那样的自我、个性以及有人格。在衣食无忧之后，做人的三个高境界是自我、个性、人格。首先是自我，这个自我不是自大、自恋、自狂，而是自尊、自重、自立、自强下的善待自己、注重自我成长、注重发挥自己潜力、追求自己想过的那种生活，不被世俗潮流裹胁着，别人的升官发财与自己无关，别人的眼光评价丝毫不影响自己；其次是个性，个性即意味与众不同，与众不同通常意味着优秀；最后是人格，春秋、魏晋时期的文人人格是我国两大人格高峰，是文人士大夫的精神追求所在，因此此君很注重以上三点。

为什么“三不违”外肆意、率性生活、做人

此君干什么都有自己的个性及原则，生活及做人也不例外。他在生活中有两条做人原则，第一个是“三不违”，第二个是在“三不违”之上的肆意、率性。

先说这两个原则的内容。“三不违”的内容是：不违法纪、不违人利益、不违自然规律及危害大自然。肆意、率性做人做事就是孔子所说的做人的最高境界“随心所欲不逾矩”，当然这个“矩”就是“三不违”。“随心所欲”主要指活出自我、个性，不活在别人的目光里、评价里、价值观里。

为什么他做人做事既“三不违”循规蹈矩，又肆意、率性，随心所欲呢？首先是这两者的任何一点都是有执、都是走极端，其结果要么是一生平庸，要么是人人喊打，至少是多数人讨厌或看不起

的一生；其次是为什么首先要做到“三不违”，因为这是做人的底线，法律是最低道德，道德是最高法律。所谓道德即利人，最低是不损人即不违他人利益，而不违自然，尤其是不伤害大自然中的动植物，即对动植物也百般珍惜、爱护乃至呵护，不仅在道德层面、修养层面、境界层面，而且也在做人的最高境界——博爱层面，从某一角度讲，一个人乃至一个民族的文明程度，是与对动植物尤其是对动物的爱成正比的；最后是不违法纪则身安，不违他人利益不伤害人则心安，不违大自然则神安。一个人时时事事乃至一生都做到这“三安”，在科技高度发展、人们衣食都不成问题的今天，远比升官发财重要得多。

为什么尽量隐才

我了解的此君可是一个全才、奇才。无论是做官、做事、做人，还是绘画、音乐、法学、摄影、文学、哲学、军事、经济、教育、心理学、禅学、医学、数学、政治学、营养学、社会学、历史学、体育学、易学等诸多领域，无不是专家学者，都有专著或资格，特别是演讲学，他只要一开口无不语惊四座，倾倒每一位听众。他在大学演讲时，常常三四个小时没一位听众舍得去厕所，更不要说走动了。才华之广、之专、之深无不令人惊异，但是他一反人有才唯恐人不知的心理，极力隐才。一是从不让自己职场的人知道自己的这些才能；二是从不让自己的亲朋好友知道这些才能；三是从不在媒体上宣传自己的才华；四是别人问起来他某一个领域的成就时，他通常予以否定；五是从不在人前谈论自己研究过的这20

多个领域。在平时的工作、生活中，他不仅不炫耀，而且百般隐才，一反常态地千方百计遮掩自己身上的光芒。作为知心好友，我曾多次反对甚至挖苦他这样做，他都“痴心”不改，一次酒后他才向我说了他为什么一反常态地百般隐才。

1. 才即是祸。因为一个人有才，只要不分场合地显露，无论你再有智慧，再会处世，你也将成为众矢之的，包括亲朋之间，特别是近亲的朋友之间，你的才能虽不妨碍他们，但是都反衬出他们的无才，使他们在你面前自卑，即破坏了人类自古形成的自恋情结。

2. 显才者易成为众矢之的。一个人有才即是错（错在破坏了常人的自恋、自大情结），而有才后又喜欢显才，更是错上加错，且是加大错。因有才只是间接伤害别人，显才则是在别人伤口上撒盐，甚至是在用树枝戳他的伤口。在众人面前肆意显才，不注重他人的感受，等于否定了众人，除有求于你的人表面讨好外，众人不仅不会同你合作，而且还会给你放冷箭、使绊子、进谗言，更会诽谤你或散布你的流言蜚语，弄得你秋风四起、四面楚歌。记得大学时我是学生会主席，一次让我代表全体学生发言，我脱稿讲了一个多小时，讲得下面掌声雷动，群情兴奋不已。到校长讲话时，校长照稿念得下面鼓倒掌、吹口哨，从此校长对我的态度来了个180度大转弯。毕业留校十几人、入党几十人都没我这个学生会主席的份。

3. 显才将导致人际关系紧张、幸福指数下降。显才除以上坏处外，还有一个坏处就是导致周边人际关系紧张。这周边，不仅包括同事、上下级、同学、战友、朋友，还包括亲人，同样因破坏了他们人类共有的自大、自恋情结，而导致他们不舒服，只要他们觉得不舒服，除极有智慧或修养的人外，就会百般攻击你、诽谤你，对你使绊子，至少是不愿与你合作或从内心深处希望你失败、有祸事。这是朋友之间从对方祸事、败事中，得到的快乐更多的心理原因。幸福的定义是：幸福是一种关系，即以家人、爱人、友人、同学为核心的、良好的人际关系。而显才之人由于侵犯了别人的自尊，必同四周的人关系紧张，这无疑等于大大降低自己的幸福指数，或自葬了幸福。

4. 有才等于侵犯了别人的自大、自恋人格。心理学研究表明：人类有自大、自恋的天性或劣根性，只要有人尤其身边人超过自己，就觉得心里不舒服，因为自己自大自恋的人性，被否定或受到了挑战。心理学研究表明：身边人只要在某一方面超过自己，自己就有一种失落感、自卑感，还有种被侵犯的感觉。

5. 显才易招忌。有位哲人说过："超越即得罪"。尤其是在身边人之间，包括亲朋、同学、邻居，无论你在哪方面超过他，除有极高智慧的人外，你都是他忌妒的对象，忌恨忌恨，凡忌必恨，遭忌即遭恨。

6. 显才是种虚荣、浅薄、低素质的表现。喜欢显才一是虚荣的表现，因显才尤其是在不相干的人面前显才无非是想要得人夸奖、艳羡、敬佩，其实质是典型的虚荣；二是浅薄的表现，正如两句俗语所形容"满罐子不摇，半罐子摇""深水不响、响水不深"。喜欢显才之人的浅薄，如同"腰有银钱叮咚作响"一样可笑，甚至令人作呕；三是低素质的表现，正因为你素质低了、才学浅了，才急于让人知道你有才，如同穷人或有小钱的人，急于让别人知道他有钱一样，真正的巨富、大亨唯恐人知道他有钱，隐藏都来不及呢。

7. 有才的目的不是求快乐及为社会作贡献，而是为炫耀，这类人不可能有久才、有大才、有多才、有奇才、有天才。这类人的才如《伤仲永》一文提到的，奇才仲永过段时间“与凡（俗）人无异矣”。因为炫才显才之人，只要有了炫才的资本，就会停止不前或对才能的追求浅尝辄止。

为什么追求没有性格

这里所说的此君的没有性格，不是指没有，而是指复杂之意。因为性格对人生很重要，人的命运多是由性格决定的，故此君对塑造自己的性格，颇为在意，也颇下功夫。没有性格，是此君为自己定下的性格目标，以及为自己提出的专用词语，其实这是指不要有明显的性格趋向，兼具一切性格优点，摒弃一切性格缺点。稍有学识的人都会知道“性格决定命运”，故智慧者无不重视性格培养特别是良好性格的培养，或追求个性即个人的性格。此君为何一反常态，而做一个没有性格的人呢？

要想真正搞清楚此君为什么追求没有性格，必须要先搞清楚此君“没有性格”的内涵。他追求的“没有性格”是：具备各类、各个职业、人生各个阶段、不同性别人的性格优点，摒弃其性格缺点。如学习农民的勤劳、俭朴、吃苦耐劳，摒弃农民的木讷、狭隘、逆来顺受、小富即安、目光短浅；学习工人的纪律、严谨、协作（团结），摒弃工人的机械、盲从；学习政治家的聪明、激进、灵活，摒弃政治家的势利、虚伪；学习军人的勇敢、机警、果敢、胆略、视死如归，摒弃军人的粗鲁、残忍、凶暴；学习文学家的激情，摒弃文学家的不切实际；学习诗人的浪漫，摒弃诗人的晦涩、跌宕；学习哲学家的深邃，摒弃哲学家的空泛；学习老人的成熟睿智，摒弃老人的多疑怕事；学习商人的精明，摒弃商人的贪婪、唯利是图；学习青年人的自信、目标、敢想敢干，摒弃青年人的鲁莽、眼高手低、目空一切；学习女性的温和细心，摒弃女性的胆小、啰唆、埋怨；学习演讲家的口才，摒弃他们的卖弄；在对此君12年的采访中，他熟悉的人论及他的性格时，我就毫不犹豫地告诉他："你错了。"

说完了什么是此君追求的没有性格后，再说说他为什么追求没有性格。

1. 有性格即有执，即等于在某一方面的执着，执着即极端，极端了就过头了，成缺点了，也易伤人伤己了。

2. 任何东西都是"双刃剑"。如勇敢往往同鲁莽划等号，谨慎往往同优柔寡断划等号，胸有大志往往同好高骛远、眼高手低划等号，麻利往往同粗心划等号等；还如老实往往就意味着软弱，勇敢往往就意味着鲁莽，聪明往往就意味着狡猾。

3. 对各类性格兼收并蓄，去劣存优才是最智慧、最科学、最明智的。

4. 任何性格都有弊端。正如以上所说，你无论有什么性格或具有某种明显的性格倾向，无论再好的性格，只要此性格特征明显，就必有其弊端。只有"没有性格"，即得所有性格之长，避所有性格之短，才是较完美的性格，才能有较完美的命运。

5. 无论在战场上还是在职场上，只要你有性格，尤其是鲜明的性格，对方便有可乘的机会，有可入手打败你的缺口，你的下级也易有对付你的办法。只有让你的对手、你的下级摸不透你的性格，他才无从下手或难以下手，或作出错误判断及举措。

6. 无性格才更有神秘感，让你的对手及下级潜意识或从内心深处敬畏你，达到不战而屈人之兵的目的。尤其是单位的一把手，这一点尤为重要。因为一把手需先有虎气（镇得住、让人怕你才能坐得住、坐得久），后有猴气（亲和力）。而这个虎气（虎威即让人敬畏），不是来自虎的凶狠，而是虎的神秘（居深山，出没无常）。

7. 无性格更有人格魅力。神秘（看不透）是魅力之母。一个人如果一眼让人看透，无论他再有修养、再有知识、再有情趣，也是难有人格魅力的。什么性格都像，什么性格又都不像，如此你的性格，才是最好的性格。

在此文结束时我还要再重复说上一句：没有性格不是这个人没有性格，而是具备一切性格优点，摒弃一切性格缺点的“复杂性格”。此君在这方面虽做得很好，但他不是神，不可能做得尽善尽美，但是很难得的是，他能将之作为性格上的追求，争取日日不断地、无限地接近这个目标，这就很难得了。

为什么不生活在别人的目光和评价里

此君有个人生信条：坚决不能活在别人的目光里、评价里以及价值观里。他做事坚持“三不看”：不看别人眼色、不看别人脸色、不在意别人赞美及攻击、诽谤，也就是“走自己的路（做自己的事、过自己的生活），让别人去说吧！”根本不管别人如何看、如何说。他还修改了古代的一句话：“笑骂从汝，好官须我为之”为

"笑骂由人笑骂，自我吾不失之"。下面着重谈谈此君为什么不活在别人的目光里、评价里乃至价值观里的几点理由。

1. 失去自我。无论做什么事，都在意别人如何说、怎么看、怎么想，那么你不仅什么都难做成，而且会失去自我。连自我都失去了，还谈何建立在"我"上的幸福与成功呢。

2. 痛苦多多。在意别人看法，活在别人目光里、评价中的人，痛苦会有很多的原因：一是自己因遭到了别人的非议或诽谤或不理解而痛苦；二是必对别人不理解、攻击、诽谤而怨愤或仇恨，怨愤及仇恨都是苦之重因；三是必因此自我纠结，陷入烦恼之苦当中。

3. 人际关系必不佳。在意别人的目光、评价的人，必事事、处处打听别人对自己的看法，而人性是喜议人非，尤其是对聪明、漂亮、能干、成功的人，更是人们八卦或非议的对象。因人的成就或出众程度与所受到的非议成正比，如古人云"名满天下，谤亦随之"。在意别人的看法，会与别人的诽谤、非议针锋相对，弄得人际关系紧张，至少你对他心存怨愤，搞得"使我不得开心颜"。

4. 影响成功、成长。无论是成长还是成功，都需要心无旁骛，即将全部精力放在向上上，而非与人计较上。而在意别人眼光、评价是与人计较的重要表现，不仅会带来许多的副作用，而且会牵扯很多精力、心力，使人不能全身心的成长及努力，这自然也会大大影响成功。

5. 易得心理疾病。一个人如果在意别人的看法，就证明他心胸不宽阔、心里不阳光、见识不高远、智慧不高深……而这些都是易得心理疾病的可能。

6. 会降低幸福指数或使生活质量下降。什么是幸福，从某一个角度讲就是快乐的持久化。而一个人如果在意别人的目光、评价，因一人难合十人意，肯定会有否定你、攻击你、诽谤你的话或不屑的、挑剔的、鄙夷的眼光，这些都会使你纠结、烦恼，连快乐都没有了，哪能有幸福即快乐的永久化呢？

为什么一切为道德人格让路

道德与人格词义相近，人格以道德为前提，且比道德又高出些格调与个性。曾几何时，中国一些地方流行笑贫不笑娼、成功不问手段，曾出现了一个个造假村、偷盗村，甚至有些地方说假话、假数字、假报表、假账目满天飞或成为常态，造假成了一些地方发财、出名的必要条件。而道德人格的主要内容，或第一要求或最低标准（底线）就是诚实。记得有位社会学家说过：法律是最低的道德，道德是最高的法律，而道德人格的底线即不说谎、不做假。面对有些地方的“道德淘汰”这个严酷的现实，此君宁肯不升官不发财，也要坚守道德人格底线，追求一切为道德让路，虽不能以一人之力抗拒全社会的洪流，但他始终坚持不害人、不骗人、不为了个人利益弄虚作假，不为世俗成功不顾道德人格。且将“一切为道德人格让路”，作为自己的座右铭即人生追求之一，为之吃了不少亏。下面说说他为什么明知这样做吃亏，还坚持做下去的理由。

1. 道德人格是人与兽最起码、最根本、最低点的区别。一个人如果不讲道德人格，为了物欲置自己的道德人格于不顾，为之可以脸不红心不跳，恬不知耻地说假话、造假货、办假事，以及阿谀奉承，做指鹿为马之事，这个人将沦为兽。

2. 道德人格是一个人真正成功及最大成功的底线。因为一个人真正的成功是素质的成功，即做一个高素质之人。这个高素质，包括十几种商数（情商、智商、健商、性商、美商、志商、逆商、财商等）在内的很多素质，也绝非仅仅指世俗人认为的有素质即有知识、有学历、有礼貌、有修养，而且还指具有较高的身体素质、心理素质、文明素质、思维素质（先进的思维方式）、领袖素质、（较好的）习惯素质、道德素质，还要有情趣、有品位、有见识、有境界、有觉悟、有个性、有掌控金钱的能力素质等，其中道德人格则是素质底线，是一切素质的基础，无此不仅难有其他素质，就是侥幸有其他素质，也会坍塌（招祸）得更快、更狠、更猛。

3. 德者康寿。这句话的意思是有道德人格的人，比无道德人格的人格外健康长寿。为什么这样说呢？因为一是无道德人格者，由于损人较多、人际关系不佳，日常会一直处于紧张、压力、担心、害怕之中，在如此负面情绪下，他的身体、心理都难健康；二是无道德者一般都是欲望较多的人，他会为了欲望的实现，而天天时时处心积虑，使他的内心不得安宁，并由此而生贪婪、忌妒、埋怨、不平、攀比，尤其是由此会产生焦虑，即心理不会健康，连良好的睡眠都不会有，而良好的睡眠是健康之基。三是无道德人格者，常处在恐惧或担惊受怕之中，为了得到很多的钱，坑蒙拐骗、贩假制假等，多会处在法律及受损人的威慑或仇恨之下，生活在恐惧或担惊受怕之中，日日好似惊弓之鸟，天天就像漏网之鱼，必无健康所必需的身心安宁这个前提条件。

记得此君在与我交往或采访中，就这个问题还说过这样的话：“我坚信，老实人（有道德人格者）吃小亏不会吃大亏，吃眼前亏不会吃一生或后世亏。”人类历史上君子（有道德人格者）虽斗不过小人，也并非斗不过，而是不愿为之，即不愿以自己的道德人格为代价，不愿将自己沦为小人（无道德人格）之列，如果你不是从世俗的物质成功去衡量成功或人生价值，而是从综合成功即身体成功、生活成功、婚姻成功、子女教育成功、素质成功、精神成功等综合地、长久地衡量一个人的人生价值或幸福指数，你就会知道道德人格的重要性。他还为论述这个问题随口吟了一首禅诗：“恶是犁头善是泥，善人总被恶人欺；铁打的犁头时常换，不见田头换烂泥。”

为什么从不忌妒

忌妒，是人类的劣根性，可是此君历来（准确说达到一定境界后）从不忌妒，下面说说他为什么从不忌妒的原因。

1. 忌妒是一个人心胸狭窄即没有胸怀、不能容人（即容人好事）的表现。而一个人的成就与他的胸怀成正比，能容多少人，就能成多大的事。如能容下 30 人（缺点、优点、好事、坏事），你就可当排长；能容下千人，你就能当团长；能容下万人，你就能当军长。不仅是容下小人或大人，而且容人包括容得别人有好事从不忌妒。

2. 忌妒将使自己沦为小人之列。忌妒是小人即低素质者的几大典型特征之一。其与小人的关系是：不忌妒者不一定是君子，而忌妒者一定是小人。

3. 忌妒者人际关系必糟。忌妒者的典型表现：一是容不得别人有任何好事；二是容不得别人任何方面比自己强；三是容不得别人哪怕一点比自己过得好；四是别人有不好、不顺、不幸之事必心生暗喜，甚至奔走相告、喜形于色。试想这类人能有好的人际关系吗？

4. 忌妒本身就是一种心理疾病。忌妒是一个人患有心理疾病，是心理不健康的典型表现之一。不要说从心理学的角度，就是从正常人的思维来看：一个见人有好事、比自己优秀就忌妒，即不平衡、不服气、不能忍受，甚至背后攻击、诽谤、使绊子的人，他心理没毛病才怪呢。

5. 忌妒是不智慧的表现。智慧者会明白：忌妒多发生在熟人与同层级或相近层级的人之间，多在亲人、友人、同事、熟人之间，正如百姓不会妒县长、县长不会妒总理，小学生不会妒大学生一样。智者会明白：同层级或相近层级的熟人、友人、同事，也是你接触最多的或有过交往的，他们越成功、越发达、越幸福，对你越有好处，起码比不认识的人发达要好：一是你有事找他总比陌生人方便；二是他的成功或幸福，为你树立了好榜样或努力的方向；三是你可以从他的成功、幸福中，受到教益得到启迪；四是与什么样的人交往，你会变成什么样的人，你身边的、熟悉的人的好事、成功多了、素质高了，你自然也会成为这类人了；五是喜马拉雅山必立于高原及群山之上，也就是说你周围的人高了（成功了、好事多了）你才能高或更高。这从哪个方面对你都有好处，应感谢还来不及，还去忌妒不是太不智慧了吗？

为什么杜绝血性之怒

此君很有脾气，又有高智商的人的共同特点或毛病——性急，而性急之人是最易发怒的。同时他还有高水平、高能力、高效率的人的特点或毛病——好批评人。因很多人的水平、能力、效率按他自己的标准，多会令他不满意，这自然都会伴随着血性之怒，但是此君却完全做到了杜绝血性之怒。所谓血性之怒和理性之怒的区别是：想怒就怒是血性之怒，当怒则怒是理性之怒。血性之怒是满足愤怒欲之怒，是即时的、率性的或轻率的、随时爆发的，以后悔告终；而理性之怒则是上升到理性的层面，经过深思熟虑之怒，是当怒则怒，是面怒心不怒、话怒脑不怒，哪怕是拍案而起。

为什么只要理性之怒，不要血性之怒，也即杜绝血性之怒呢？一是血性之怒是一个人没有理性、没有智慧的表现；二是血性之怒的批评或怒的效果最差，因为人都有自大情结的，具体说即好谀恶逆，更不要说上级怒气冲天地批评他了；三是易产生上下对立，怒气下的批评往往不讲方法、态度恶劣或恶语伤人，其结果易导致上下对立；四是易中断沟通，怒气冲冲地批评指责，与温和的“三段式批评”相比，不仅效果差得多，下级易反感，而且下级也没法与你沟通了，而沟通则是管理的前提；五是影响领导形象，血性之怒往往伴随着咆哮、声嘶力竭或歇斯底里、大喊大叫，甚至拍桌子、踢板凳的，这样不仅效果不好，而且还有失领导风度、影响领导的形象；六是一般情况下，人在血性之怒时，人的智力下降到只有儿童的水平，故发血性之怒的人，往往与愚昧划等号；七是血性之怒一般情况下都以后悔告终，因血性之怒时话不过脑、脱口而出、智力低下，不做错事、傻事、蠢事那才叫奇怪呢！

为什么从不怨怀才不遇

只要研究历史就不难发现，从古到今只要有才不被任用，尤其是有大才者，多数心理不平衡，牢骚满腹，甚至抑郁或自弃或自杀。凡读此书的读者朋友，都不难发现书中的主人公，是个大能、大才、大智、大慧者，现有的职业远远不够他发挥能力，甚至连他能力、精力的10%都没用完，但他从没有怀才不遇的抱怨。现在着重说说此君为什么不抱怨怀才不遇呢？

1. 他本立志做有才无闻之人。他将自己定位在“有才无闻”四个字上，即使自己成为专才、通才、大才、全才，成为一个亦军、亦商、亦政、亦文、亦艺、亦哲的、全面的、不可多得多见的人物，而不求闻达。但他任何事都不走极端，此君立志或设定目标做“有才无闻”之人，但也非永久无闻，他准备在80岁后有闻或身后有闻，因这样可影响更多的人。

2. 抱怨乃一个人无智慧、无胸怀、无自信的表现。记得有位哲人说过：埋怨、抱怨是一个人最大的愚昧之一。一是天下没有绝对公平的事；二是埋怨会毁掉自己的好心情；三是会使人际关系，尤其是上下级人际关系更糟；四是没胸怀、没自信的表现，如果有大的胸怀，还能动辄抱怨吗？

3. 无才可用是自己的悲哀，有才不被任用是社会的悲哀，尤其是用人制度的悲哀。有才无才是你自己是否努力、是否勤劳、是否上进的事，而有才是否被任用，则是受各方机制、环境，尤其是用人机制、领导素质及好恶的影响，那根本不是自己的事，有何悲哀可言呢？

4. 一个人最大的成功是素质的成功，即做一个有才、有素质、天天成长、今日之我优于昨日之我的精神贵族、大写的人、人格高尚的人，从政从军从商从文无有不可的人，而非必须被人任用之人或闻达之人。

5. 求或过分求任用，必导致流于阿谀，降低人格。因为你只要求任用，必注重搞关系、阿谀上级，甚至搞歪门邪道，这样即使你很有才，也易沦为有才无德之人或像司马光《资治通鉴》中所写是“才大于德的小人”。

6. 恶化人际关系尤其是上下级关系。有才不被任用就抱怨，必会恶化人际关系。抱怨的对象，多是上级或关系亲近的人，这必将使上下级关系包括亲近的人的关系更为恶化。

7. 降低自身幸福指数及健康指数。怀才不遇又好抱怨的人，自然心情不好，负面情绪多，这必导致快乐少，健康受损。可不要小看这两个方面，这可是人生的重要部分，人生成败的关键之一。特别是幸福指数，那是人类的终极追求，而健康又是幸福的基础与前提。

为什么特别尊重女性

此君是个很尊重人之人，尤其是穷贱之人、残疾之人、离退休之人、不如己之人。因他认为“对上不难有礼而难有节，对下不难有恩难有礼（尊重他、礼待他）”。但是此君最尊重或特别尊重的还是女性。

1. 女性为人类承受了太多苦难，理应得到特别的尊重。人类繁衍所需要作出的牺牲或承担的苦难，几乎全部由女性承担，如月经之苦、怀孕之苦、哺乳之苦、妇科病之苦、分娩之苦。另外，女性还承担着比男性衰老得快之苦、易遭男性欺凌之苦……总之，女性为人类，从实质上讲也是为男性承担了太多的苦难，作出了太多的牺牲，故理应得到稍有良知的男性的最大尊重。

2. 是一个男性素质高低的“晴雨表”。一个男性的素质与尊重女性的程度成正比，即素质越高的男性，越尊重女性；反之，素质不高的男性越不尊重女性。不信你看习惯打老婆的男性，有几个不是低素质的。故要想做一个有素质的男人，你必须要格外尊重女性。

3. 是一个人修养高低的表现。记得中国古哲人有语：以强胜弱，以男凌女，虽胜不武。这个“武”既指不值得骄傲，更指没有修养。现实生活中，作为一个男性动辄同与为人类作出巨大牺牲、承担很多苦难的女性争斗、计较，甚至欺凌她们，包括不特别尊重她们，是多么的没修养！

4. 是绅士风度的第一外在表现。绅士风度的第一外在特征是尊重女性，绝非像我们有些地方的男性上级，在生活尤其是餐饮及外出时，心安理得地让女下级为自己做服务工作。

5. 是一个人、一个民族文明程度高低的外在表现。记得一位哲人说过：一个人乃至一个民族的文明程度，首先表现在对女性尊重的程度上。也就是说，在一个民族或一个男性那里，女性被尊重的程度越高，其文明程度越高；反之，其文明程度就越低。

为什么反对或从不戴手表

此君自从有手机后，再没戴手表，同时也反对戴手表，虽然他知道这是别人的权利、别人的自由，自己无权干涉，也从没流露出过反对意见，但是他对亲近的人、关系好的人、明智的人或有潜质的人，还是劝他们不要戴手表，对子侄辈及亲近的下级就明令他们不允许戴手表。他从没在公开场合表露过对戴手表的反感或反对意见，但他还是打内心的深处，看不起或不屑于戴名贵手表的男人。

1. 徒增不必要的麻烦。手表的核心功用是掌握时间，而手机上有时间，并且就在显示屏上随时可看，再多戴个手表实无必要，且洗手、洗脸、睡觉都不方便，以及还有存放、维修、清洗、保养、防盗等麻烦。为了多此一举之事，去添些许麻烦或不便，有这个必要吗？

2. 此是从众或没主见的表现。手表的功用，手机完全代替或具备，戴手表不仅要另花钱买，而且还徒添许多麻烦，这完全是从众及没主见的或不思考的表现，根本没从有无必要处去想，只是见别人戴，自己想都没想也戴，见别人买，自己想都没想也买，典型的从众、没主见而已。

3. 虚荣的表现。手表的实用功能已被手机代替。喜戴手表的主要原因，无非是为了炫富，如极少有人戴电子表，多是戴名表、贵表，无非是为虚荣——炫富是典型的虚荣的表现。

4. 浪费及不理性的表现。为了根本没实用功能，且徒添许多麻烦及不便之物，花钱且花许多钱，甚至够买一辆车的钱，真的太浪费，也太不理性了。

为什么从不与人争论

此君无论知识面、阅历、深度、见识、智慧、哲禅道儒无不过人，在工作生活中的言论、观点、见识，不入他眼或他能发现明显错误的甚多。他做正确的事、说正确的话，别人指责他时，他也从不反驳或与人争论，对之或付之一笑或点头称是，从不反驳（否定）任何人（包括下级）的观点，从不与任何人争论，就是下级反驳错了，也避而不谈对错。

1. 做人的高境界之一是“为而不争”。“为而不争”的结果，往往是天下莫能与之争。这个不争包含三个内容：一是不与人争利（反要让利）；二是不与人争高低；三是不与人争论语言上的是非。前两者较少出现，后者较多出现；前两者多少还是有些世俗上的实际意义，后者一点好处也没有，且还引人反感、弄糟人际关系、耽误时间、徒费口舌。

2. 做人成功的捷径是只赶路不争路。争路也好、争论也好，不仅有上段说的几点弊端，更重要的是会误了赶路，不能集中精力、集中时间走更远的路。如古语有言：“将军赶路，不追小兔。”如果一只小兔（更不要说是别人的一句不合己意的话了）就惹你分心、分神、分时，你还能有效赶路吗？不仅是要对别人不合意的语言，包括诽谤、诬蔑，乃至冷箭、阻碍、伤害都不理不睬，跑在最前面，早点达到目的地（成功），是对不怀好意者或讨人嫌者的最好反击，正如躲敌人冷箭的最好方法，是快跑到他射程之外。

3. 与小人或低素质或无知之人争论，等于将自己降到了他那个水平。正如格言所讲：两相争无君子、两君子无相争。举个最简单的例子：成人会同小孩争论问题吗？但小孩时常会争得、吵得不可开交。

为什么要感谢“三难”

开始此君同我谈他以感恩之心对待困难、磨难、灾难，我很不解，这“三难”常人对之如瘟疫，避之唯恐不及，怎么还能感谢甚至感恩呢？若不是通过十几年的持续采访，深知此君是大智大慧之人，我肯定会以为他脑子进水了呢？下面将我在采访中解开这个疑点的过程和内容摘录如下，与读者朋友们共享。

1. 为什么感谢困难。一是困难是快速提高你能力的必由之路，你克服一个困难，你的能力会提高一步；二是怕困难是一个人平庸、无能、不自信、不智慧的表现，知难而上、遇到困难（难题）就兴奋，是一个人大能大智之特征；三是在智者的眼里天下本无困难，所谓困难，从另一个角度讲就是机会（成长、锻炼的机会），就是阅历，就是认识的提高、经验的积累。

2. 为什么要感谢磨难。所谓磨难，就是反复遭遇难度比较大、程度比较深的困难，这其中还不乏挫折、失败、起伏等。首先是如孟子所言：天将降大任于斯人也，必先苦其心志，劳其筋骨，饿其体肤，空乏其身，行拂乱其所为，所以动心忍性，曾益其所不能。其二是大器需多磨。正如王宝池的诗：自古雄才多磨难，从来纨绔少伟男；“（玉）石不雕（磨）不成玉，铁不打（磨）不成器”。

记得有这样一个故事：原为一大块石头分成的两块，一块被铺了台阶，被万人践踏；一块成了佛像，被万人膜拜。阶石不平地对像石说："老兄，我俩同为一块山中石，现在区别咋这么大呢？"像石说："兄弟，你要知道你被挨了有限的几刀（磨难）就成了台阶，我可被千刀万剐才有今日啊。"阶石闻之颔首。

3. 为什么要感恩灾难。灾难常给人猝不及防，甚至是惨重的损失或毁灭性的打击，人们躲都来不及或哭都哭不出来，你为什么还要感谢呢？一是灾难是让你身体遭受痛苦，而以感恩之心待之是不让灵魂再遭受痛苦；二是灾难及其造成的身体痛苦不是人能把握的，而唯有灵魂是否痛苦，是自己可把握的，对不可把握之物（痛苦）让自己灵魂跟着痛苦（本可避免），不是愚昧又是什么；三是灾难可有利于人的顿悟，使你一下觉悟许多，成熟许多、智慧许多；四是灾难包括苦难，只要不被击倒，可成为你的垫脚石，使你不同程度地高大起来；五是灾难已发生，无可挽回，为什么不在此基础上活得更好一些呢？如人肯定会死去，难道一定要呻吟着死去吗？为什么不"我自横刀向天笑，去留肝胆两昆仑"地死去呢？人有可能被戴上镣铐，难道一定要哀号着戴上镣铐，为什么不能"戴着镣铐跳舞"呢？人有可能被流放，谁又能阻止一位大智大慧者微笑着、愉快地、宁静地在流放途中欣赏大自然的美呢……

为什么"三不看"

此君有个特点，就是"三不看"。这"三不看"是：不看风使舵，不看广告，不看别人脸色行事。

1. 为什么不看风使舵。看风使舵从褒义或中性的角度讲，是灵活、“眼里有水”、智商高，是许多人也可以说是除智慧外的绝大多数人的追求或价值导向；从贬义的角度讲，就是墙头草，就是势利，就是投机。但此君认为从智慧的角度讲，看风使舵则是一个人浅薄、愚昧、目光短浅、品性低下、没有未来的表现。他凭的是对未来的准确判断，靠的是自己的人格魅力，绝非是做令人鄙夷的、令人看不起的、只顾眼前利益没有未来的、看风使舵的墙头草。

2. 为什么从不看各类广告。无论何种广告，他一律不看，按说在这个商品经济社会，自己又是企业老总，从哪个角度讲都应该看广告的，起码不应一律拒绝广告。此君从不看任何广告的理由：一是浪费时间，身边到处是广告如果看或喜欢看，那一生要浪费多少时间；二是易膨胀你的消费欲望，许多广告对自己的商品或服务都拍得（说得）很诱人，久之自然而然地会膨胀你的消费欲望，这不仅易使你变成精神乞丐，而且还易使你变成哲学定义上的穷人，即欲望大于所得为穷（所得大于欲望为富）；三是易造成消费上的不理性，理性的消费是不购时髦或流行之物，而广告则多是流行和时髦商品的催化剂。

3. 为什么不看别人的脸色行事。看别人的脸色行事等于活在别人的目光中、评价里、价值观中，等于没有自我、从众，没有个性、没有原则，是个随波逐流的人、没有生命力的人。如在江河里，只有没有生命（力）的死鱼，才会随波逐流。更大的害处：一是易没有原则；二是情绪易被人左右，内心痛苦多，智者知道你无论如何做，都会有人不满意，有人给你脸色看；三是易得罪人，特别是如此会失去自我——自我的个性、自我的生活、自我的价值观。

为什么“三不听”

此君除“三不看”外，还有个“三不听”，就是不听别人的是非评价，凡事自己拿主意；不听别人当面的阿谀奉承，听之就将话岔开；不听历史结论。下面就说说此君这“三不听”的理由。

1. 为什么不听信别人的是非评价。别人的是非评价无论对己、对人、对事，都是建立在他个人的社会层次、知识、阅历、见识、价值观、思维方式、所处的位置上，而非是高明的、公正的、客观的，尤其是对成功人士或像此君这样各方面素质较高的人而言，更不应听信，也无必要去听信（连听都没必要），因为一是对一般的人，对没有自己有知识、有见识的，社会上的大多数人而言，他们的是非评价对你的参考意义不大，更不要说正确性、客观性、前瞻性了。二是听这些是非评价会浪费你的时间，对成功人士或智者而言，时间是很重要的。三是会破坏你的心境，作为成功人士或高素质的人，你肯定是众人，尤其是凡俗的人议论，尤其是是非议论的对象，你如果去听这些东西，尤其是不智慧之人从劣根性的角度的评价，对成功人士或富贵之人而言，尤在意人们背后的评价，如武则天时期还行过“腹诽罪”。最明显或最大的害处是弄坏自己的心情，降低自己的幸福指数。四是会影响自己快速做出正确的决策。五是易导致心理疾病，听别人议论、非议多了，不仅心情易低落，还易忧郁、暴躁，这都易导致心理疾病，这些情绪本身就是心理疾病的外在表现。六是会降低幸福指数。幸福是快乐的恒久化，而快乐又是一种心理体验，听信别人非议，肯定会使你心烦气躁，也使你不幸福或降低幸福指数。

2. 为什么不听阿谀之言。对于手下的一万多人，社会上有众多有求于己的此君而言，自然少不了奉承之言，但是此君有一个特点，只要是下级或社会上的人当面说自己好话（这是奉承或阿谀的典型特征，背后的好话才是真正的称赞），就赶快将话题岔开。因为：一是听别人的当面称赞是一种愚昧的行为，至少是没品位的表现；二是让别人当面讲谀言即喜欢听谀言，是一种虚荣浅薄的体现；三是阿谀你者会在心里看不起你，因为不仅你被他的语言左右，而且还显出你的浅薄与虚荣；四是如此的话，谀言及当面一套、背后一套，会在你单位或生活圈里兴起，使你生活在真空里；五是易使你骄傲自大，喜谀的结果必骄狂自大，而骄狂的结果即是灭亡。

3. 为什么不听历史结论。一是历史是任人打扮的小姑娘。二是历史都是掌握在写史人手中，历史如何写，很大程度上由掌握写史权的统治阶级去写，而非是根据史实去写。三是即使抛却历史人物与写史人及其统治集团或利益集团的利害关系，以圣人般的公正、光明去写史，也不会完全真实，因为一个人的认识要受其知识、见识、文化、阅历、智慧、健康、顺逆、社会层次、贫富程度、价值观及思维方式等方面的影响。

为什么每年要在建筑工地隐名劳动一天

此君有个习惯，每年选择最热的三伏天或最冷的三九天，以外出被偷等家人来接为由，在建筑工地劳动一天，不要报酬，只求同建筑工人一样，在建筑工地同吃三顿饭。就是这个纯义务的劳动，也不是容易找到的，因为大多数人普遍不相信陌生人，普遍对别人的困难冷漠，有时要跑好几个工地才能遇到好心人。

1. 体会劳动人民的艰辛，更有利于自己博爱情怀这人生最高境界的培养。一个人若只为自己活、为自己活得好，无论他多成功、多幸福，那么他的境界也太低了。而要培养自己较高的博爱情怀，仅靠自己在修养上的提高还是不够的，还要体验劳苦大众的艰辛才对。

2. 更有利于了解社会。与各级各类尤其是底层的人一起劳动、吃饭、拉家常，尤其是以困难者的身份出现，才可了解到作为成功人士、较高社会层次的人，平时所了解不到的社会情况。

3. 使自己更能珍惜所得（所拥有的一切）及当下的生活。作为像他这样养尊处优、人人尊重的成功人士，久之很容易使自己漠视不少人艳羡的一切，而到建筑工地同农民工们工作一天的劳累，会使自己越发珍惜自己眼前的所得，以及感恩之心的培养。

4. 有利于战胜成功后的厌倦。懂禅学、哲学的人多知道：人生如钟摆，永远在痛苦（求不得）与厌倦（得到时）的两极之间摆动。故对不通哲、不具高人生智慧的成功人士而言，厌倦多是大于痛苦的痛苦，因痛苦时还有希望，厌倦时连希望也没有了。然此君正是由于通哲及极具人生智慧，才会通过此法，从思想上预防厌倦等成功后的负面情绪。

为什么要在春秋去农家收割一天

此君无论再忙，也要在“三夏”或“三秋”时，驱车到郊外的农家收割一天。好在去农家收割比到建筑工地找活容易多了，再加上此君是自备镰刀，同农人打个招呼下地就干，不像在建筑工地上需领头的分活与你。好了，言归正传，在此要说说此君为什么要在“三夏”或“三秋”去农家义务收割一天。

1. 好知稼穑艰难。对于从不或久不耕种收割的人而言，每年去农家收割一天，易体会或不忘稼穑艰难，才能更深体会“谁知盘中餐，粒粒皆辛苦”这句话的真正含义。

2. 会对食品更怀感恩之心，也更能提高进食时的幸福指数。对食物的感恩心，可以提高用餐时乃至人生的幸福指数。

3. 能使食物在心理层面更加甘美。通过农人稼穑之艰难，尤其在烈日下肩担、手提、刀割，甚至在尘土飞扬的场上碾轧、脱粒、晾晒，都会不同程度从心理上增加食物的香甜度。

4. 更加节约或珍惜粮食。是否珍惜粮食（节约粮食），是一个人是否尊重别人（劳动）、是否有修养、有素质的第一扇窗口。这两者的关系是：一个不珍惜粮食的人，不一定是素质不高，但一个真正高素质的人一定是珍惜粮食的。

5. 使自己少作孽或免遭天罚。所谓的孽，就是做伤天害理的事，是有报应的恶。试想现在还有人没有解决温饱问题，而你却去浪费粮食。反正此君此举的目的之一，就是以此体会农人稼穑艰难，使自己在此少作孽。

为什么凡事不找理由及借口

此君有个习惯，凡事不找理由及借口，总是从主观找原因，尤其是目标方面的事、决定做的事、上级交代的事、答应别人的事，哪怕确实是客观因素，也不以此为理由或借口。他这样做的理由何在呢？

1. 理由是弱者的借口。凡事没有做好、没有做到，就找理由（肯定是客观理由）的人，肯定是个弱者或是个没有能力甚至不敢正视自己没有能力或这方面能力的弱者。再者，强者的一个明显特征，就是敢于认错，敢于担责；弱者的一个明确特征是不习惯认错，习惯于找理由推卸责任。

2. 是不负责任、不敢或不能担当的表现。事情没做好或没做到，那不仅是你的过错或无能，更是你不负责任的表现，因为你接受的任务或答应的事，或应做的事就是你的责任。另外，对没尽责任或不负责任的事，又不敢承认过错，担当这个过错责任，连自己犯的错这点责任都不敢担当，还能担当什么？

3. 等于同时犯了两个错误，即一错之上又加一错。没做或没做好的事，本来是一错，如果你再找理由（不认错）认为是客观造成的，即将错推给客观或他人，等于又犯了一错。

4. 更让人尤其是明眼人看不起你。你没做或没做好的事，不从自身检讨就忙于找理由、找借口，即推脱责任于人、于客观。人们，尤其是明眼人及上司，会更看不起你，尤在上级批评你（没做或没做好事）时，你找理由找借口，不仅会遭上司看不起，还会火上浇油，使他怒气更大，对你批得更狠，印象更坏。

5. 人际关系更糟。遇事喜找理由与借口的人，不仅易遭人看不起、反感，更重要的是你的理由及借口往往会伤人、危及别人，或将责任推给别人，这必然或自然会导致你人际关系更差，而良好的人际关系，可是一个人幸福、成功的前提或基础。

6. 不智慧的表现。对智者尤其是大智者而言，不仅能认识到凡事找理由、找借口的愚蠢之处外，还会明白遇事不找理由与借口，主动承担责任，从自身找原因、寻对策。不找理由与借口的过人或智慧之处：一是显得有担当；二是显得诚实可靠，一是一，二是二，错了就是错了；三是显得很谦虚；四是有凡事“求之诸己”的智慧；五是有利于反思自身的不足，有利于自己的提高或成长；六是显得自己很有胸怀；七是明白委曲才能求全、低下反能充盈的道理。

第三章 | 生活篇

为什么从不坐软卧和一等座

作为高级人士，他外出无论乘坐什么样的交通工具都没问题，可他出行从来是倾向于选择火车硬座、高铁的二等座、飞机的经济舱的情况下，从不坐软卧、一等座、头等舱或商务舱。

1. 座位的根本目的只是到目的地，在同一车、一机之上就本质而言没有什么区别。

2. 可以节约，节省本身就是增收。

3. 免得遭妒，遭妒等于埋下人生失败的种子。

4. 可以与更多较低社会层次的人交往，了解他们的言谈举止、所思所想，对自己的商业有利。

5. 可提升自己的幸福感，因为幸福感往往与自己身边的人生活状况有联系或受其影响。

6. 为培养自己简单、简朴的生活习惯。

7. 防止自己生活奢侈，因由俭入奢易，由奢入俭难。因此说，他在能报销的情况下，只要能买到硬卧、二等座（高铁）、经济舱，绝不选择软卧、一等座、商务舱或头等舱。

为什么不去人多的地方

此君有个特点或行为习惯：不去人多的地方，如人多的商场、大街、饭店包括聚餐、会议，只要人多了就不去，当然并非人少处他都一定去。他为何不去人多的地方呢？

1. 喜欢去人多处即喜欢扎堆，是一个人低灵性的表现。不信从动物的角度看，凡喜扎堆的都是低灵性的，如蚂蚁、鸡、鸭；凡高灵性的如鹰、虎等都不喜扎堆。

2. 喜欢扎堆的人多是凡俗的。因为只有凡俗的人才耐不住寂寞（天才或高灵性的人天生喜欢孤独），才喜欢热闹、喜欢扎堆。除此之外，凡俗的人多无所事事，不知如何打发业余时间，便喜欢去人多的地方凑热闹。

3. 人多的地方是非多。一是人多的地方话语多，言多必失，自然是非多；二是人多处纠纷多，人们语言不和互有冒犯易生矛盾，甚至肢体冲突也时有发生；三是人多处病菌多，易生感冒等传染疾病，特别是多人共餐时更易被传染。

4. 安全隐患多。人多的地方，不仅小偷多、犯罪分子多，火灾、踩踏、车祸等概率高；而且还易有食品安全事故，同时最令人担心及可怕的是：人多处还是暴恐分子袭击的对象处。

5. 浪费时间。去人多处无论是吃饭、购物、聚会、娱乐、运动、开会等，都因人多产生交通、排队等待、服务人员不够等原因而浪费时间，有时还会浪费大量时间，这对将时间视为生命的此君而言，肯定不愿为之。

6. 不利于自己提高及成长。人多处多是俗人或低灵性人或无所事事人聚集处，与这些人交往或为伍，除以上许多弊端外，还有一点就是“近朱者赤，近墨者黑”，不仅不利于自己提高或成长，久之还会使自己变成这类人——与什么样人交往久了，就会变成什么样的人。

7. 没有未来的表现。喜去人多的地方的人，即爱热闹耐不住寂寞、享受不了孤独的人，必不能安心学习、潜心思考、用心研究、赏心运动，其素质必然不高，素质不高之人必是没有未来之人。

为什么节假日不外出旅游

人们的悠闲程度，是与人的文明程度成正比的。不仅在人类有如此比较，就是在动物界，灵性（等级）程度也与闲暇（悠闲）的程度成正比，高灵性的鹰、鹤、狮、虎，几时见过它们的匆忙，都是在静静地立、悠悠地飞、稳稳地卧、慢慢地踱？再看低灵性的蚂蚁、猪、鸡，几时不是在匆匆忙忙觅食。中国这些年来节假日的时间不断增加，这是文明进步的表现，周末大约是104天，再加上各种休假应该有130天左右，约全年的1/3。可此君在节假日从不外出包括旅游，这对于酷爱旅游的他，不能不让人有些费解，他的理由如下。

1. 节假日出行难。尤其是春节、“十一”等长假，从坐车、乘机、住店、用餐乃至参观处无不是一个“难”字了得。本来长假应是休闲、放松、高兴的，反而因为这个“难”而搞得不轻松、不愉快、不悠闲，甚至因为坐不上合适的车、住不上合适的店、看不了想看的景而惆怅、纠结、遗憾。

2. 节假日外出接受的服务差。节假日人满为患，大大超过各行各业的服务能力，必然出现“萝卜快了不洗泥”等较差的服务，甚至态度冷漠、差。服务差的现象出现，这使本应的旅游享受变成了外出受罪或花钱找罪受。

3. 节假日治安相对差。中国人多，火车、飞机、景点、饭店的人会更多，多则必乱，乱则必有部分不法分子，尤其是小偷趁机下手。据有关资料统计，中国节假日出现的偷窃行为，包括暴力犯罪发案率，要比平时高得多。

4. 是在家潜心读书、提高或做自己喜欢事的绝好机会。这几天可不开手机、不见人，集中精力读书、提高自己，或做自己喜欢的事。这是提高自己素质、赶超别人的绝好时间，因人最大的成功，是素质的成功。

5. 是在家陪父母或亲人的绝好时间。尤其是父母老了，不大喜欢外出了，特别是春节，父母尤喜孩子回家，使自己有种膝下承欢的感觉。若此时，自己一味按自己的兴趣往外跑，倒有不孝之嫌了。

6. 不必要的多花钱。节假日无论吃住、门票等，多涨价或比平时贵，这就意味着同样的消费，要花更多的钱，且是不必要花的钱。

为什么旅游时从不购物

此君酷爱旅游，几乎走遍了祖国的名山大川及五大洲的主要国家，但是他除自己喜收藏的报花、杂志花外，几乎不去逛商店。经常外出旅游的人都知道，中国导游包括一些境外的中国导游，带领喜好购物的中国人旅游时，商店都给他们回扣，甚至回扣点还很高。无论什么类型的商场、商店乃至地摊等卖土特产、纪念品处，他从不光顾，不逛不购。他这样做的理由如下。

1. 不是所需之物都是浪费。在旅游点买的，往往是好看不实用，特别是在外旅游买的都不是所需的。常在外旅游买东西的人，往往有这样的体会，在外旅游买的东西，回家往往当摆设。

2. 耽误了大量美好的旅游及思考时间。在旅游中去商店不仅挤占景点时间，而且还有不少人，专拿出半天、一天甚至更多时间去逛商店，还有的甚至本末倒置，将旅游变成购物或以购物为主。

3. 造成旅游上的负担，将本来应轻松的旅游，变成了不轻松。只要在旅游时购物，必然要装满大包小包，越走背的越多越重，甚至还要花很多的时间和钱邮寄。

4. 冲淡了旅游的实质意义。旅游的实质意义主要是通过了解异乡异族迥异的生活、思维方式、价值观来反思改进自身的不足，吸收这三个方面的长处，而山水等美景、历史掌故、风土人情方面的知识享受也都在其次。可你若像多数人外出旅游那样，在购物上花很多时间心思，并且大包小包背很多东西，甚至还要跑很多路去邮寄，就失去了旅游应有的意义了。

为什么孤独不寂寞

从此君 40 岁后少交朋友、不交富贵之人、交友须胜己，就不难看出此君少有朋友，或少有他愿交往的人。由此可以断定他一定是孤独寂寞之人。如果你这样推断或猜想此君，肯定不算错，但你只说对了一半，确切地说，此君是个孤独而不寂寞之人，为什么这样说呢？

1. 孤独与寂寞有质的区别。孤独从字面上讲包含着孤立、孤傲、孤僻与特立独行；寂寞则指孤单、孤寂；最本质的区别是孤独是高灵性、高素质、高品位、高境界及有思想、有个性、有深度人的共同特征，而寂寞则是庸人俗人的共同特征。两者最外在、最直接、最明显的表现是：前者喜独处（独处是与自己灵魂交往），后者怕独处。

2. 此君喜欢孤独。仅说喜欢孤独，似乎还不能很好地描写此君对孤独的态度，最好应说成欣赏孤独、品味孤独、感恩孤独。因为他认为或深深感受到，只有孤独时自己的心灵才能放飞，自己的思维才能更活跃，才觉得踏实、充实。如果他在人多的地方，如觥筹交错的酒桌上，坐一个小时哪怕半小时，就会觉得难受、不舒服，甚至有虚度光阴的犯罪感。

3. 为什么说他不寂寞。在凡俗的人的眼中，孤独与寂寞总是孪生兄弟，认为孤独者必然寂寞。这个观点虽是切实的，但我认为不能用在此君身上。在此，我用旁证的角度来说说此君不寂寞的原因，读者朋友就知道他为什么既孤独又不寂寞了。首先寂寞是精神不丰富、心灵不高贵的产物，对精神丰富、心灵高贵的人而言，寂寞会远远逃离他；其次，此君有众多的爱好，也可以说多才多艺，如琴棋书画、吹拉弹唱、谱曲填词、跳伞潜水、射击骑马、冲浪滑雪、摄影雕塑无不精通，且多项达到很高的水平，他哪里有寂寞可言？最后是他每天时间都不够用，他要求自己每天至少要阅读 3 万字、写作 3000 字、书画雕塑作品总体不少一幅，竞技运动一小时，其他娱乐（平均每天）不少于一小时……还不说工作、应酬及生活必需时间，每天的生活如此充实、如此丰富、如此多彩又加之高灵性，哪里有寂寞可言呢？

为什么奢侈不浪费

说此君奢侈，读此书的朋友恐怕大多不同意我的观点，认为根据此君的修养、理性、节制及智慧，其会与奢侈无缘，也绝不会奢侈的。但是我虽从不反驳别人（直接否定别人），可还是有个请求，请读者朋友等我把话说完再反驳我不迟，到时哪怕骂我，我也甘心俯首聆听，且以感激之心聆听。

先说说奢侈与浪费的区别。关于浪费，它不仅指财务，也指浪费时间、浪费生命，在世俗的语境里多指财物；关于奢侈，词典上的定义是指挥霍浪费钱财，过分追求享受。在日常语境中常与物质上的高浪费、财物上的大浪费相联系，如钟鸣鼎食，晋时王济以人乳饮豚等。其实，那只是世俗的奢侈，而非真正的奢侈。真正的奢侈指花了很多钱或时间，但没浪费（指没直接多消耗财物），如花了自己许多心思、时间或创意，如炒自己挖的野菜（此君称之“将春天含在嘴里”），喝自己参与种、摘、炒的茶，喝自己磨煮的咖啡，品自己酿制的葡萄酒，吃自己种的粮或菜，读自己写的书，赏自己画的画，听自己演奏的音乐等。

再说说为什么只奢侈不浪费。第一，浪费财物是一个人最大的没素质。此君从不浪费食物，哪怕一点菜水，在外吃饭一个是尽量不剩下，另一个是剩下的都打包。另外，他的内衣都是补得不能再补，再改作他用也舍不得扔，皮鞋都是多次补底。第二，浪费时间是最大的不理性。时间是生命的组成部分，人的生命无非是几十年时间，时间是成功、幸福的基础，一切财富、成就无不是时间的结晶。浪费时间的表现：①喜看电视；②喜玩电脑及手机；③喜逛街；④喜聊天；⑤喜社交聚会；⑥喜睡懒觉；⑦没高效利用时间的习惯等。第三，浪费生命是最大的不智慧。

为什么将人生浓缩为“活”与“玩”两个字

此君由于哲学基础深厚，具有透过现象看本质的能力，故对世间任何事，他都能迅速地理出本质性的东西。此君善于思考人生，他关于人生思考的著作也有好几本。尤其是令很多人疯狂的“物”，对他而言只是维持生存之必需，除必需之外都是虚需，得到再多也并不能再增加幸福指数；反之，还会占用你大量心力、精力去存放、去管理、去揪心。对繁杂的人生诸问题，他凝练地概括出两个字：“活”与“玩”。但是这个“活”与“玩”，绝不是世俗上所谓的苟活着或富贵活着，也不是指有尊严地活着；这个“玩”绝不是世俗所说的吃喝玩乐的玩、玩物丧志的玩、玩世不恭的玩。他所说的“活”与“玩”，是活要“活出质量”及玩要“玩出名堂”。

至于活要活出质量，不用多解释，读者朋友人人皆知，也是人人会追求的，但要说明的是质量的含义，分生活质量与生命质量：一说到生活质量，肯定有人会想到吃好、穿好、用好，物质上的随心所欲，其实这与生活质量并没有多大关系。生活质量高的表现或标准是“十有”：有基本的物用、有健康、有情趣、有较多的才艺或爱好、有较深的哲学基础、有较深的美学基础（才能具备较高的发现美、创造美的能力）、有品位、有个性、有良好的人际关系。如此才能做到生活真正有质量，才能让活着的每秒光阴都变成黄金。其实人生从小乘教法的角度讲：生活的理想无非是理想的生活，且生命无常，有可能头晚脱鞋，次晨难穿，许多大智者都将生命的每一天当作生命的最后一天。因此，此君追求生命的每一天，都要活出质量。首先要使自己的生活有质量，是生活不是生存；是生活不是苟活；是个性地活着，而非从众地活着；是有品位、有情趣、有境界地活着，而非只知挣钱花钱吃喝玩乐地活着；是清醒、智慧、快乐、诗意地活着，不是痴愚（受别人、众人牵拽着走）、麻木、幽怨、物性地活着。其次是生命要有质量，除使自己成为高素质之人外，还要有生命的成功，即立功、立德、立言“三不朽”。以上总和才能具体称为活得有质量。

再说说“玩要玩出名堂”。其一是指会休闲、擅休闲、重视休闲。这里的休是休息，闲是指闲暇，因为重休息恰是一个人理性、智慧之表现。而闲暇的多少与生活质量成正比，人类文明的进程从某个角度讲，也与人类闲暇时间成正比。故作为大智大慧的此君，是很重视闲暇的。反之，当今不少世俗之人，具体说就是愚昧、痴昧之人，放弃闲暇与健康、人格、家人，为了自己用不着的钱，甚至有祸患的钱权，孜孜追求、狗苟蝇营，弄得一身病、一身事、一身骚。二是指有益身心的娱乐。要做很多有益身心的娱乐，或能使自己快乐的事。如读书、滑雪、冲浪、潜水、跳伞、骑马、舞剑等，以及很有情趣的活动如琴棋书画等。三是将工作或人生价值追求的事业，也当玩或在玩中进行，如玩艺术、玩股票、玩收藏、玩文字（写作）等，将人们认为很辛苦、很劳累、很枯燥的许多事，都在玩（乐）中进行，达到“谈笑中，樯橹灰飞烟灭”的境界。故在此君的人生词典里，将一切一切包括常人认为极复杂的人生内容也好、人生诸难也好、人生诸苦也好，都浓缩或简化为两个字：

"活"与"玩"。而且时时处处都是在有质量、有尊严、有情趣地活着；快乐、轻松、率性、有积极意义、有正面价值、无忧无虑、有滋有味、从中产生很多成就地玩着。

至于"玩出名堂"还要注意两点：第一，不能单纯地玩及以消磨时间为主要目的地玩，无所事事地玩，要在玩中注意总结、有思考、有成果，如此君在玩网球中写下了一本《网球学》，在玩摄影中成了摄影家；第二，将玩作为张弛之道，作为走更远的路的有效方法，并非玩物丧志、玩世不恭。

为什么不独赢

凡有心、喜思考的读者朋友都会发现此君的能力，正常情况下他可一路高升，如他在15岁就成为全县仅有的十几个万元户之一，是他所在省辖市最年轻的正处级干部，从县里科员到县委常委仅用三年零几个月，后来随着心智的成熟，他不再独赢了，下面说说他为什么不独赢，在任何情况下不独自得好处，即追求双赢、多赢，且好处的大头也让别人得。

1. 独赢会引妒。一个人，只要你在职场或朋友、熟人圈里独赢，独得好处或独得大好处，典型莫如专权、多占、会算计、钻营等，你很快就成众人忌妒的对象，被妒即意味着你成众矢之的，意味着大家与你不合作，意味着攻击、诽谤、怨恨等满天飞。

2. 独赢会招败。独赢者成为大家忌妒、诽谤、攻击的对象，导致了大家的不舒服、不支持、不合作、不拥护，你还能再继续成功吗？不仅不能继续成功，反而在众人不约而同的攻击下，你还会失败。

3. 独赢会（或易）招祸。喜独赢、善独赢，不懂独赢害处，不仅树敌多，希望自己失败的人多，而且还易狂妄、自大，而狂妄、自大再加众多人的忌恨（由妒引恨），祸事临头那是再自然不过或时间问题了。

4. 独赢会降低幸福指数。独赢的人，人际关系一定紧张，而人际关系尤其是职场人际关系好坏，对幸福指数的影响很大，正如有幸福学家说："幸福是一种关系。"试想，天天上班或与同事及相关的人打交道时，大家都忌恨你，使你感到压力、紧张、火药味，至少是不愉快、不和谐，你能有较高幸福指数吗？

为什么在生活中注重"三事""三不""三胆"

此君有个习惯，就是在日常生活尤其是在工作中，注重做到"三事""三不""三胆"。"三事"的具体内容是：急事缓办、缓事急办、有事即办。"三不"的具体内容是：无事不生事、有事不怕事、凡事不多事。"三胆"的具体内容是：小事要胆小，大事要胆大，异事要胆颤。

1. 为什么要做到"三事"。一是为何急事缓办，因为急事不仅多是紧急的事，而且还有不少是重要的事，对之，人易慌易躁，办急了易出错，心急火燎的，还易显得浮躁或轻浮，为明眼人看不起。二是为何缓事急办，因为缓事多是无关紧要的事，日常生活中常见及琐屑的事，人最易拖拉，从而显得散漫、没精神、没朝气，且易致人低效。缓事急办是振奋精神、提高效率的妙方之一。三是为何有事即办，因为有待办或要办的事除不能立即办的外，要一律立即办理，尤其是上级交代的、答应别人的、受人之托的事。不即办一个是易忘记而导致人品上的失信，另一个是低效，再一个是显得不尊重别人。特别是不少成功人士，事多最易忘记。

2. 为什么要做到“三不”。首先说为啥无事不生事。无事生事的实质是自找麻烦、自套枷锁，这是其一；闲暇不仅是生活质量、幸福指数的前提，也是智慧产生的前提条件之一，因暇生静、静生慧，这是其二；在生活、工作中不生事，这是简约或化繁为简能力的表现，因人最大的能力就是将繁杂问题简单化，最大的无能就是将简单问题复杂化，这是其三；治军治国治事都以不生事为高境界之一，如“治大国若烹小鲜”，这是其四。其次说为啥有事不怕事。事来你是推不掉的，怕不走的，尤其是难事、坏事、祸事、委屈的事、危险的事、复杂的事、矛盾的事，只有从容应付，兵来将挡、水来土掩，无论再多，只要分轻重缓急，能假手于人的假手于人，能即办的即办，须缓办的缓办，可不办的不办，你自然就成了理事高手。尤其是一位真正有能力、有智慧的人，不仅不会怕事，而且很多事须自己办，尤其是难事、常人办不了的事，不仅不怕，而且会兴奋，既可使自己得到更多的锻炼，又给了自己许多显才的机会。最后说为何凡事不多事。正如古人讲的“多言多错、多寿多辱、多事多祸”，一个在日常生活中“多事”的人不仅不是智慧之人，而且还是个没素质或没修养的人，因“多事”常常与“多舌”相联系。

3. 为什么要做到“三胆”。第一，为何小事要胆小，因为一是谨慎是第一要求；二是慎小如慎始，慎独是一个人应有的智慧或见识；三是大事由小事聚积，大错由小错聚积，大祸由小过聚积。另外，一个人连小事都做不好，还谈何做大事，如一屋不扫何以扫天下。第二，为何大事要胆大，古人说过：每逢大事须放胆。所谓大事，无非是事关重大的后果（责任）或前途的事，这时最忌讳畏畏缩缩、胆小怕事或谨小慎微或优柔寡断、瞻前顾后等，尤其是要放胆，这样不仅有利于决策、有利于处置，还显得一个人有魄力、有担当、有主见。第三，为何异事要胆颤，即遇到异常之事，你要战战兢兢、如履薄冰，甚至以委曲求全的方式对待才对。

为什么从不仇恨别人的伤害

仇恨，虽是人七情六欲中的正常情绪，但也是人的负面情绪，生气或气愤的极端情绪表现是人没脱离兽性的诸多劣根性之一。“仇恨”一词，在词典上的解释是：仇视愤恨、强烈的敌意。仇恨还是人们生来就有的本性，如婴儿就有仇恨的表现或情绪，只要有人欺负伤害哪怕抢去他的食品或玩具。但是此君能做到从不仇恨，包括屡屡伤害他的人。下面我重点说说此君从不仇恨别人的伤害的原因。

1. 仇恨是剧毒的蛇，不仅伤人还伤己。为何将仇恨比作毒蛇呢？因为一个人有了仇恨，就会像毒蛇一样要么伤人，要么伤己。最多的情况是人己俱伤：报复人，自己也要付出相应代价；报复不了，会天天坐卧不安或被之缠绕、烦恼、焦急……

2. 仇恨只能使互相伤害升级。仇恨来自别人的伤害，仇恨从某个角度讲，就是恨自己不能及时或无能报复，怀仇的人自然会千方百计从各个方面报复仇人，只要报复就会遭来更大的报复、冤冤相报永无休止。

3. 仇恨会使你犯人生最大的错误之一：不将心思用在成长上。所谓成长，就是今天的自己优于昨天的自己。一个人只要心怀仇恨，他的人生主要目标，便会扭曲为如何报复（伤害）仇人，如何寻机、如何做准备、如何找切入口、如何……而非是一个智慧或正常的人将心思用在如何成长或如何成功上。

4. 仇恨会使人心理扭曲。仇恨这个情绪是人类最大的负面情绪，如果任它天天陪伴你，你在阴暗心理的长久侵蚀下，自然会心理扭曲，不再有心灵的舒坦、快乐、宁静，代之的是狭隘、愤怒、焦躁、诅咒等，这些由仇恨导致的负面情绪如果成为常态，你的心理便已经扭曲了。

5. 仇恨会使你失去健康。医学研究表明：一个人愤怒 5 分钟，体内产生的毒素可以毒死一只小白鼠。而仇恨又是生气及愤怒的极端表现，可想而知分泌了多少毒素，这些毒素不仅直接伤害身体，而且久之直接导致癌症。另外，仇恨还有许多间接伤害：一是导致内分泌紊乱；二是导致免疫力下降；三是导致血压升高（易脑卒中）；四是导致心血管病的发病概率大大上升。

6. 仇恨会使人失去理性。法学研究表明：使自己搭上性命或自由的重伤害及杀人案件，90% 以上都是在仇恨下失去理性而为。人一旦仇恨上身，就沦为兽类。

7. 仇恨时，会使人智力下降到愚蠢的地步，甚至是三四岁儿童的水平。因仇恨之时，气血郁心，会大大降低对大脑的供血，使脑细胞死亡过快，尤其是仇恨往往伴随着愤怒、恼怒，加上仇恨，会使智力大大下降，故古今中外的许多丑行、暴行、血腥之行，多是在仇恨中发生。

为什么不穿好衣服

此友的衬衣多补过，他将自己的服饰价格定位：10 年前是 100 元左右，现在是 200 元左右。我知道他有一件 35 元的短袖夏装，已穿十几年了，领子已烂仍在穿。别人送的好衣服一律转送他人，但他有一套好友送的好点的西服，因好友相送的不便送人，十几年也只在重要场合穿过两次。

至于他为什么不穿好衣服的原因：第一，他认为衣服的主要功能对于男人而言是御寒，不像女人还将之扩大为美的内容，因为男人的美在精神、在内涵、在深度，不在外表。第二，他认为服装除御寒功能外，就是身份功能和求美功能，一个人如果靠衣服去体现自己的身份、自己的层次、自己的富有，那是一种自卑及愚昧、庸俗、低级趣味及不自信的表现。至于衣服的求美功能，其主要有四要件，与价格、牌子、质地无关，一是色彩，二是款式，三是个性，四是得体。第三，他认为对男人而言，对服装不应过多地费钱、费时、费心思，只要干净、大方、整齐、得体即可，为了穿衣而花较多的钱、时间、心思的男人，要么是没出息的，要么是没品位的，要么就是没智慧的。

为什么不买好车

此友开的是 8 万元一辆的手动挡本田车，朋友们都“笑”他寒酸或故意装穷，他从不解释只是付之一笑，只同我说了不开好车的几点理由。

1. 汽车的核心功能是代步，他这8万元一辆的本田与80万元一辆的宝马，800万元一辆的法拉利在使用价值上没什么区别。另外，这8万元一辆的本田车的其他主要的辅助功能，如空调、音响都有，其性价比最高。

2. 开好车是隐形浪费及奢侈、不智慧的表现。为了满足人生无关紧要的虚荣多花几万、几十万或几百万元买好车、豪车，是一个人浪费、奢侈、腐化、不智慧的表现，这四种表现同时体现在一个人的生活中，恐怕他的成功或富裕不会太久，至少不会在人生的各个方面都成功。

3. 日常开支更大。好车一是修车贵，二是用油多，再者是保险贵。8万元的本田车的用油量是一般豪车的一半，尤其是修车，同样碰掉一块漆，8万一辆的本田车只需百十元，豪车至少需上千元。

4. 开着不轻松。开豪车无论开时或停放时，总怕碰着剐着，心情难以轻松、放松，好车反倒成了心理负担，使其不得开心颜。

5. 与人剐碰后更难处理。当前人们普遍存在仇官仇富的心理，见开豪车之人，就认为是有钱之人，出了大小交通事故，则更难处理，因对方要求更高，还最易招惹媒体。一次他这辆8万元的车把一辆奥迪A6的反光镜碰了，他是主责，对方张口要他赔5000元，他看到对方有敲诈他的意思，也没同那人争执，就以弱者的低姿态说："你看我开这手动挡的破车，能拿出5000元吗?"那人下车看了看他的车说："算了，一看就知道你是穷鬼!""这就对了!"此友附和说。那人扬长而去。

6. 交通事故更高发。好车的最大特征之一是提速快，动辄上百迈。十次出事九次快，再加之开豪车的人难免有炫耀心理，更易快车、飞车、飙车，也更易出事。据有关部门调查发现，豪车的事故发生率是普通小轿车的 1.67 倍。

7. 更易被撬、被砸、被盗。因为人们觉得开豪车的人有钱，车里肯定放值钱的东西，故最喜撬豪车的后备箱、砸车玻璃偷车内的东西，甚至从仇富的心理出发，也时不时用东西砸、刮或划一下你的车。至于盗车的不法分子，更是先从豪车入手，因盗一辆豪车卖出去的钱等于好几辆普通车的价钱。

此友说到这里，我忍不住问他说："官员不坐好车没什么不好，可你们做生意，开这么便宜的车不怕别人说你没实力、看不起你，不愿同你做生意吗？""不怕，仅仅是从消费或奢侈去看对方实力的人，这样浅薄、愚昧的人，我才不屑于同他做生意呢！"

为什么生活上力求"三简"

作为经济实力雄厚的企业老总，此君在生活上力求简单：住的是两居室，开的是 8 万元的车，饮食远离名贵且基本以素食为主，社交从不贪杯，偶尔喝酒时也只喝每瓶价格 50 元以内的葡萄酒，或自酿的葡萄酒。

此君从穿着看，无非是个穷酸落魄的文人；从饮食看，无非是温饱都有问题的低收入或贫困线以下的人。他的皮鞋多次补过，衣服都几十元百十元，极少有上 200 元一件的，不到不能补时不扔；吃的都是当季最便宜的蔬菜，偶尔吃荤也是最便宜的，主食只是以红薯、玉米为主，以致他的老母亲说他：舍不得吃、舍不得穿，活着图个啥。了解他的好朋友说他“自我虐待”“花岗岩脑袋”。此君为什么吃穿用度力求简约、简单、简省。

因为他认为：其一是物质消费如同汽车加油，能开即可；其二是多则有害、过犹不及，尤其是在饮食方面，因人类现在已进入了与营养过剩作斗争的时代，再按过去短缺经济下的穷人思维重吃重喝、大吃大喝、锦衣纨绔，岂不是太愚昧及大大落后于这个时代了；其三是看重物质消费多或奢侈的人，必导致其精神生活的贫乏，必是个精神贫乏之人；其四“嗜欲（物欲）深者（必）天机浅”，一个嗜物、重物、拜物的人，必定智慧低下或无智慧可言，因重物质消费如重名牌、重一掷千金本身是无智慧的典型体现；其五，多费物（不惜物）者必折寿或致祸，这既是因果、量质互变的结果，又是大自然规律（天机）作用的结果；其六，对家人尤其是子女的成长不利，易导致家人尤其是子女的奢侈、虚荣、不节俭、不理性，等于从大处、远处、关键处，害了家人尤其是年少的子女们。

为什么餐巾纸分几层用

对此君做近身采访12年，我总是仔细观察他的一言一行，并分析总结归纳他这样做的好处、先进处、科学处、过人处。一贯处处爱质疑的我，近身采访的时间越久，对他的崇拜迷信愈深、愈烈。记得有位哲人说过“一滴水反映大海”，还记得有位作家说过“于细微处见精神”，有位管理学家也说过“（在管理中）细节决定成败”。用这三位精英人物的话引出我要写的此君的一个生活细节，即每餐用餐巾纸时，总是按层分开，一般情况下仅用一层的一半擦擦嘴，余下的分层叠好装起来待用。他为什么会对连农民都不在乎的餐巾纸，且多是餐厅提供的、不用自己花钱的餐巾纸“吝啬”“小气”“抠门”到如此程度呢？为怕他烦，没敢直接问他为什么，只是分析了以下几个原因。

1. 节约是一种美德，是一个人基本素质的体现。而节约就必须从小处节约，如同人生做事须“手低眼高”“大处着眼，小处着手”一样，做不好一件件小事的人，能做好大事吗？在小处不处处节约节俭的人，能在大处不奢侈浪费吗？

2. 珍惜纸张就等于珍惜森林，珍惜森林也是珍惜生命之源的表现。纸（多）是树做的，树是森林的分子，森林是人生命的起源处，也是生命的庇护源或涵养源，珍惜纸张等于珍惜树木，珍惜树木等于珍惜森林。人的生命生于森林，人类将来的命运，也在一定程度上依赖森林（它和湿地都称为地球之肺）。一个不珍惜树木及森林的人及民族，可以说是不珍惜生命（之源）的，也就是绝对没有未来的。当世上森林被破坏殆尽或砍伐过多时，也即地球生命将遭灭顶之灾时。故作为一个真正的文明人或有素质的人，都要尽最大能力珍惜及节约每一张纸。另外，此君最近又有进步，开始用手帕了。

3. 节约资源对国人来说是一个重要修养。无论大小资源，总是资源，作为文明人，应树立节约意识，尤其我国是一个人均资源较少的国家。故作为一个知识分子，更应有社会忧患意识，更应从我做起，在日常各个方面做节约资源的表率或先驱。

4. 养成惜物的习惯及修养。凡物无论贵贱都包含着大自然生物链的牺牲，包含着人类的劳动、汗水乃至心血。一个没有素质或修养的人，不一定不惜物，但没有惜物之心的人，一定没素质没修养，起码是素质修养不高。越是有智慧、有修养、有见识的人越重视这一点。真正的优秀是习惯的优秀，真正的成功是素质（养）的成功，良好的习惯是一个人良好素养的重要内容，因此一个向上的人，应时时处处注重素质的提高，尤其是各种良好习惯的培养。

5. 遭有素质、有层次、有修养或明眼人所鄙夷。而做人做到令人鄙夷的程度，是做人最大的失败，尤对成功人士或衣食无忧的人士而言，如果此时的你有一点思想、境界、品位的话，都会将人生追求的重点，由名利转向素质的提高上。比如说你在自助餐厅见到四个人，第一个一把抓几张餐巾纸胡乱擦下嘴扔了；第二个只拿一张餐巾纸擦；第三个是将餐巾纸分成几层用；第四个将分层的餐巾纸，只用一半擦嘴，擦后的纸轻放餐盘中，余下的叠好装起来下次用，你对哪个人印象最好，觉得哪个人最有素质，恐怕就不用多说了。

为什么过年“六不”

此友过年有“六不”：不贴对联、不买放鞭炮、不备任何年货、不拜年、不寄贺卡发信息、不请客。

1. 为什么不贴对联。此友的理由有三：一是贴春联污染门窗及环境，二是多花金钱与时间，三是春联对喜庆气氛的渲染对他来说大可不必，因为他从来都是：对日日、时时、事事都如李叔同所说的“生欢喜心”，何须外在渲染？

2. 为什么不办任何年货。其一，这是穷人思维及短缺经济的表现，将吃与节庆日划等号是这个思维的典型特征。其二，办年货是过去小农经济、农耕文明、商业不发达时的传统表现，如今商业如此发达，随时可买到新鲜的东西，还去备年货，不仅要花大量时间、心血，而且还不新鲜。其三，年货备好后的存放方式，多以腌制为主，这易产生大量的致癌物质。其四，食物放久了还易霉变而造成浪费。其五，年货以荤菜为主，中国人的基因不适应超过十分之一的荤菜，多了易得富贵病。其六，一个人的文明程度，从某种程度讲与花在吃的时间与金钱成反比。

3. 为什么不拜年。中国人的习惯是：过年时以拜年为名头，在亲友、同学、邻居之间互相吃一遍。这不仅要浪费很多时间而且互请也浪费很多金钱，更重要的是集中大吃大喝还极易吃出病来。故此君春节时从不拜年，从不出去吃喝，几个至亲及过去有恩于己的需要孝敬或感恩的，他托人提前打点，既顾人情又节省时间，还不至吃坏身体。

4. 为什么不放鞭炮。这个问题我不想将此友的想法展开讲，因稍有知识或素质的人，对此陋习已深恶痛绝，主要因其污染、浪费、噪声、易引发火灾、储存时易引爆、易炸伤人等，可谓百害无一利。

5. 为什么不寄贺卡和发、回拜年信息。贺卡要浪费大量的纸即树木；每年过年此友收到的祝贺拜年信息数以千计，但他从来不看、不回，更不要说发了，试想就是常人将上百条甚至说上千条信息看完、回完，要浪费你多少时间，你的节日还能安静吗？再者，这些信息又有何意义，90%以上都是群发的。即便是专发的他也不回，时间是第一宝贵的，是生命的表现形式。

6. 为什么不请客及被请。原因无外乎是有以下几点：一是太浪费时间，二是无实质意义，三是易吃多喝多伤身，四是比平时上班更累，五是造成金钱及财物的大浪费，六是将本少得可怜的可自由支配的时间，多用在请及被请（吃喝）上，将永远难成高素质之人。

为什么在单位及单位宿舍小区设捐物箱

此君在他自己公司的办公楼及各个子公司附近，以及职工宿舍楼，一律设置捐物箱，箱子做的较大，有的近似一间小屋，并在里面设有留言板以便留下联系方式，便于愿意捐物又不便搬运、放置的大件物品，或其他物品的物主与需要者的沟通、联系。按说，设置捐物箱，既不是此企业的业务范围，又不是此君的工作责任，可为什么他愿意花钱、花心思、花精力，而又在没任何好处的情况下推进此事呢？

1. 有利于节约社会资源。根据此君发现，许多住户扔掉的有些东西，完全还有使用价值，有的还好好的甚至从没用过的。这样做等于节约了社会资源。

2. 融合了社会关系或邻里关系。相互间用不着的东西互相交流利用，等于居民或邻里之间的关系更亲密、更融合，也等于居家联系更多了，有了一个联系的纽带。

3. 缩小了贫富差距，至少是减少了邻里之间的对立。因为中国是个贫富差距相对还比较大的国家，还有一小部分人基本的生活可能还有问题，这样做虽不能从根本上解决贫富差距问题，至少是减小了贫富之间的差距。

4. 有利于减少社区犯罪。捐物虽与减少犯罪没有直接联系，但有间接关系。因为犯罪的原因有很多，而贫穷是其重因之一，如俗语中所说的“饥寒起盗心”。捐物箱的设立对一些贫困户自然有所帮助，这也从一定程度上减少了他们生活中的困难，也从一定程度上有利于减少社会犯罪。

为什么不参加各种喜庆婚丧宴会

我国历来有凡朋友、同事、邻居乃至熟人间有婚丧红白事，都要送礼然后请吃喝的习俗。有的宴席竟然达几十桌，以显得热闹、体面。人在社会上，尤在中国这个特定文化氛围里，人们的自身价值、业余生活、社会层次好像都与吃有关。而一切一切的宴会中，又数喜庆婚丧宴会频率最高，范围最广，人数最多，直吃得肚滚腰圆，直喝得东倒西歪，直嚎得筋疲力竭……现说说此君为什么从不参加各个层次、各种关系的喜庆婚丧宴会。

1. 为一顿饭浪费许多宝贵的业余时间不值得。凡喜庆婚丧吃顿饭，一是要跑很远的路；二是要等很多人到齐才能开饭；三是由于人数太多，上菜上饭的过程很长；四是要同许多熟人寒暄，讲很多废话要占用很多时间，为了专门吃可去可不去的饭，路程甚至要花两三个小时，很不值得。时间就是生命，为什么一二十分钟能吃完的一顿饭，要花费几个小时，其不屑为之矣。

2. 饮食不卫生。一是由于人太多了，一个餐馆一下接待十几桌、几十桌同规格的饭菜，无论服务员、厨师、洗菜的后勤人员的能力、精力，都达不到标准。一般情况下都超过接待能力，他们洗菜、淘米、洗刷都会“萝卜快了不洗泥”地偷工减料，就是卫生也达不到平时标准。二是食材不合格的概率增大，由于人多且不是回头客，为降成本，饭店肯定会对食材降低标准或以次充好，以劣充优，以假充真，以贱充贵。这“充”的结果，食材多不合格，而导致饭馆的不卫生程度加剧。三是人多、人杂，共餐更易导致唾液传染等疾病。

3. 喜吃喝、聚堆、热闹、消磨时间的低级趣味，也是一个人不注重成长的表现。

4. 是不思考或从众的表现。花这么多的时间、心思、精力去吃一顿不卫生、不惬意，甚至吃出毛病或吃一肚子气的饭，那是一个人不动脑子思考的表现。

5. 不送礼会得罪人，不去吃不会得罪人。只要编个理由打个招呼即可。

为什么日常生活中坚持“三不原则”

此君在日常生活中有很多原则，如不骗人原则、不失信原则、不借钱原则等。在此，只说他日常坚持的“三不原则”：不懒、不费、不勉。

1. 为什么坚持不懒的原则。因为一是勤是立身之本；二是一勤天下无难事；三是懒是堕落的开始；四是懒散（惰）是万恶之源。因为人间的多数作恶，都是缘于想不劳而获或少劳多得，这两者的实质还是“懒散”，此词虽与懒近义，但又比懒多了个生活无目标、无激情、无朝气、无精神，这都是一个人没（或低）素质、没品位、没有未来，且易滑向违法违纪歧途的开端。因此此君将克服懒散作为自己日常生活中的“三不原则”的第一原则。他克服懒散的有效方法是：第一，早起，20 年如一日，坚持每天 5 点前起床，因为晚起，特别是节假日睡懒觉，是一个人懒惰的最明显、最直接、最本质的体现；第二，以分钟计算时间，凡事争分夺秒，只争朝夕；第三，有目标，生活及生命乃至每天、每月和人生的每个阶段都有目标，这样才能有效防止自己懒散。

2. 为什么坚持不费。此君的所谓“不费”即从不吃、不穿不用名牌，日常生活饮食只求够营养、衣只求整洁御寒、车只求代步。食只求饱、衣只求暖、车不求豪、房不求大。

3. 为什么坚持不勉。这个勉是指勉强。因为人生各方面的勉强，都有许多负面效应：首先是勉强别人，等于为难或不尊重别人，如勉强别人喝酒、勉强别人为你办事，包括你过去有情、有恩的人。其次是不勉强自己，尤其是不与自己过不去，与自己过不去的最明显体现是后悔及自卑，后悔就是勉强自己去做能力、智力达不到的事；自卑包括自恨、自憾其实是最明显的勉强自己。再次是不勉强自己能力以外的事，这与远大目标是两码事，因远大目标，只需要你坚持不懈、勤奋努力、方法正确就能达到，而有些事、有些目标，是无论如何也达不到的，如让林黛玉去当优秀拳击手、张飞去当绣花大师。最后是凡事包括对人、对物顺其自然是最高境界，如老子在《道德经》里说：人法天、天法地、地法道、道法自然。一切顺其自然、顺势而为，正如孔子所说的“随心所欲不逾矩”乃做人高境之一。

为什么将日常微不足道的小事引以为豪

一次陪此君在北京见他几个关系较好的熟人（注：不是朋友，此君只两个或一个半朋友），听几个人在夸此君：有赞叹他著作等身的，有称颂他是多领域专家学者的，有感慨他考了十几个资格证书的，有艳羡他十几岁就成了万元户相当于现在数百万元资产的……此君听后一直摇头说："这些没一样值得我引以为豪，因为这些只要有机会、有毅力、肯努力都能达到，我值得骄傲或引以为豪的恰是微不足道的小事，又是人人都能做到的，人人都难以终身做到的，我骄傲自豪处是 20 年如一日，从没间断过一天在做的几件常人都很易做到的事。"

在众人的"逼迫"下，此君说出了他值得骄傲的或引以为豪的日常生活中被常人看来微不足道、他坚持 20 年一天没中断的几件事：一是一直坚持早起，一般情况下都是 5 点起床，特殊情况不超过早上 5 点 28 分，20 年中只有一次发高烧起不了床才晚起；二是从不熬夜，一般晚上 11 点到 11 点半睡觉；三是每天坚持写作，也是 20 年如一日从不间断，从开始时要求自己每天必写，后来逐渐要求自己每天写不少于 500 字、1000 字、2000 字，直到现在的每天不少于 3000 字；四是 20 年如一日无一日不读书，由过去的读 1 小时，到现在的 30000 字以上；五是每天坚持 1 小时运动，要终身坚持运动非常人能做到，尤其对成功人士而言，在忙时、累时、病时、外出时，找不到场地及伙伴时，特别是酷热时、滴水成冰的严寒时，要能坚持运动可是很不容易的事；六是从不吃饱，尤其是遇到好吃的及陪客人，要做到不吃饱是何等不易；七是冬天坚持洗凉水澡，在穿棉衣有些人还会冷得发抖的天气，用凉水、冰水洗澡，需要多么顽强的意志啊；八是每口饭咀嚼 40 下以上，从不含糊、从不敷衍……

为什么对这些吃饭、洗澡、咀嚼等看似没什么意义的事引以为豪或骄傲呢？这些事对有如此高修养的此君来说更是微不足道，那么他为何还为此骄傲与自豪呢？因为首先是做这些事易，长期坚持做难；其次是长期坚持虽难，但一日不间断更难，能 20 年如一日的不间断，做一点都没有功利的、琐屑的事情，那是需要多大的意志力；最后是能长期一日不断地做一件事虽难，但是能长期一日不辍地坚持做以上 8 件事，且一做都是几十年，这非一般人能做到及做好的。

第四章 | 饮食篇

为什么从不吃饱饭

此君生活中有个特点，就是几十年如一日从不吃饱饭，只吃七八成饱。这个做法的好处或道理恐怕很多人都知道，但是很多人都做不到，这个做不到，不是指一顿几顿、一天几天做不到而是难以几十年自始至终坚持做到。当然，几十年如一日做到这一点，不仅要有超强的理性、节制，坚韧的意志，更要有对人性或人类劣根性的科学的、切实的、有针对性的认识。下面从为什么要做到，以及如何做到几十年如一日从不吃饱，分别阐述。

首先说说此君为什么不吃饱呢？

1. 长期饱食将减寿三分之一左右。科学家对与人类基因较接近的两组小白鼠的实验研究表明：一组一生饱食，另一组只供给食量十分之七八，后者比前者长寿，平均寿命后者长于前者的三分之一左右。

2. 饱食者生病的概率高于不饱食者数倍，且随年龄的增长而呈几何增长。为什么会出现这样的情况呢？其原因很多，主要原因是人的多数内脏都是直接为消化服务的，如胃、肠、胆、肝等，就是心脏也有很大的责任，为胃部消化供血。为什么饱食后或饭后易瞌睡，这是大脑缺血造成的这种现象。一个人饱食后，不仅多数内脏负担过重，而且心脏负担加重，人体重要器官或多数内脏器官负荷过重。如此时间久了岂有不生病之理。

3. 饱食是“三重浪费”，而且是很大的浪费。尤其是在这个与营养过剩作斗争的时代，饱食更是一种很大的浪费。“三重浪费”：

一是直接浪费食物，过量进食、超过营养进食等于直接浪费了食物、浪费了营养。二是浪费医疗费，由饱食而生出的诸多疾病，又要花费很多的、不必要的医疗开支。三是浪费很多时间：第一个是饱食即多吃要多花时间，第二个是多吃必在做上多花时间，第三是饱食生病要去医院或为治病多花时间。而时间则是生命，浪费时间即浪费生命。

4. 饱食是一个人没有自制力的表现。认识不到饱食的巨大坏处、诸多坏处，就是没有理性；而做不到不饱食就是没有自制力。故不要仅从饱食与否这件事情上看问题，更要从这件事情上看一个人是否有理性、有自制力。

5. 饱食者精神状态及活力、精气神都不佳。因为吃饱后的血液大量要供胃消化，人体的供血量是恒定的，此多彼少，供胃的血液多了，供内部其他器官尤其是大脑的就减少了，故精气神就不佳了，这是饭后打瞌睡的根因之一。

其次说说如何做到不吃饱：一是未饿先食，饿了再吃易吃饱乃至过饱；二是定量、定时、定结构，到时即吃、按量吃、按结构吃；三是食物入口后立即放下筷子，每次咀嚼 40 下以上，这是避免过饱及从不多进食的重要方法之一；四是在最想吃，吃正香时放下筷子；五是少陪客，因陪客不仅菜多，而且吃喝时间长，易吃饱甚至过饱。

为什么不吃好饭菜

此友从不吃好饭菜，凡是贵的饭菜，尤其是鲍鱼、鱼翅、燕窝等山珍海味他一律不吃，包括较贵的、长途运输的或反季节的蔬菜，他也一律不吃，主食也是，好的、贵的饭菜他一概不吃，在家在外，他都吃当地最便宜的饭菜，不超过 50 公里内生产的饭菜。此君原则上不参与聚餐，即使偶然打球、下棋、打桥牌的朋友在一起吃饭，以他为主的场合，他都以吃自助餐为主，没有自助餐时他不允许超过一人一菜且不得超过一荤，不以他为主的场合，他不说话，但只点一个最便宜的素菜、一份薯类或玉米当主食。他这样做的原因如下。

1. 凡贵的菜都是奢侈的表现。他认为吃饭如同给汽车加油，6 元 1 升的油与 600 元 1 升的油对汽车而言，没什么区别。

2. 消费贵的饭菜是浪费的体现。浪费不仅是将食物扔掉、废掉不用，就饭食而言，还指摄入过多的营养以及超出最低价格可购买到的东西。这多花的钱不仅是对个人的浪费，而且还是对他人劳动和地球有限资源的浪费，因为昂贵的食物要么是长途运输的，要么是深加工的，要么是反季节生产的，这都过多浪费地球或人类有限的资源。

3. 吃贵的饭菜是没有过简单生活能力及智慧的体现。一个人无论穷富，生活方面最大的能力或智慧之一是过简单生活的能力，这是一个人精神丰富或幸福的前提。因为幸福从某个角度讲就是物质简单的满足，精神高度的丰富或生命的单纯及精神的高贵。因人的精力、心力、智力有限，厚此必薄彼，用在物质上的追求多了，精神上的必少。

4. 吃贵的饭菜是不懂营养学或没有透过现象看本质的能力的表现。懂营养学的人都知道：营养的关键——首先在七大营养素的合理搭配，其次在食物的丰富性即尽可能摄入的样数多，因人体对一种食物一次性吸收能力有限。

5. 名贵的饭菜或许反有害处。说到这个观点，不少读者朋友肯定不赞成，名贵的食物有营养或大补，是身份、品位、层次的象征，怎么说是或许反有害处呢？因为名贵的食物一是多是长途运输及长期存放的，无论哪种情况都会使用大量的防腐剂；二是名贵的食物在养殖或种植中怕它生病、死亡，定会大量使用抗生素或农药；三是名贵的食物在养殖、种植过程中，相当多的不法商户为使其生长快，必大量使用激素，吸收到体内会大大破坏你身体内循环、内平衡及免疫力；四是名贵的食物易掺假做假，而最便宜的饭菜则基本没有以上弊端。

为什么不喝好茶

此友很有闲情逸致，爱思考，自然对茶及咖啡感兴趣，加之他有比较好的经济条件，按正常人的思维他应该喝好茶、名茶、贵茶，况且茶叶又消费不多，科学的喝法正常情况下也是每年三两斤而已，但此友不仅不喝好茶，而且喝茶还有以下几个特点：一是从不喝浓茶，茶浓了不仅易使人过度兴奋、伤胃、产生依赖，而且也是浪费；二是晚饭后不喝茶，影响睡眠；三是渴时不喝茶，因茶非解渴之物；四是每次不超两小口，三口为品，四口为饮；五是自己参与种茶、采茶、炒茶的过程，认为消费自己动手制作的精神之物，乃是人生一大享受或一种奢侈；六是以绿茶为主，红茶为辅，只在寒冬时喝一个多月的红茶，因为绿茶才是真正的茶中精品，尤其是毛尖类；七是五不喝：渴时不喝、非自己选的茶不喝、非较洁净高雅的器具不喝、非与懂茶道之人相对或独品时不喝、无心境无悠闲时不喝。而在此特别要说明的是此友不喝贵茶，红茶只买100多元一饼的七子茶，绿茶只在谷雨前后自己上山参与采炒的300—400元一斤毛尖茶。下面专门说说此友为什么不喝千元一斤以上的好茶、贵茶、名茶。

1. 节俭的本性。常言道：勤能富家，俭能固家。俭不仅是防自己奢侈的良方，而且也是一个人的修养、素质、智慧的最外在表现。“历览前朝国与家，成由勤俭败由奢。”节俭与奢侈体现在一个人生活的方方面面，尤在人生开门七件事柴米油盐酱醋茶的日常用度花费上。

2. 智慧的体现。超过物质主要功能的消费都不是智慧的表现，茶的主要功能分物质功能和精神功能。物质功能是提神、助消化，还有防癌等医学作用；精神功能是悦目、赏心、思考等作用，而绿茶中最好的毛尖茶，其中的“雨前毛尖”，在茶农那里买三四百元顶多五百元一斤足矣；绿茶以外红茶乌龙茶一两百元一斤足矣，因发酵茶是茶叶中的次品即夏天秋天的大叶、老叶发酵后晾干做的。

3. 绿茶的物质价值主要在新，红茶的物质价值主要在香。这两点都与昂贵无关。绿茶之新最主要的是烘得要干、放冰箱要及时。绿茶尤其是毛尖茶炒烘后需要3天内最长不超过5天，就要放进冰箱冷冻室，喝时拿一两左右放冷藏（保鲜）室，否则即便你几千元一斤的毛尖茶其价值也与最低劣的茶无异。

4. 绿茶之色香味主要在水及水温、水泡冲的方法而非在茶。仅以绿茶中的极品毛尖为例，其色香味在水火、水温、水的泡法。一是水，泡毛尖茶的水最好是冬天采后埋在地下的雪水，其次是山泉水，再次是江河水，最差是自来水及井水和纯净水；二是烧水的火，炭火为上，柴火为中，电火、煤火、液化气火为下；三是水温，泡毛尖的水温与毛尖的嫩细度成正比，一般在60摄氏度左右为宜，因为毛尖太嫩太娇，开水一泡一会儿便变黄，不仅没了色、香、形、味，更有害的是开水泡毛尖茶会分泌出一种致癌物质；四是毛尖茶的泡法，先倒入五分之一杯开水（淹没茶即可），后之将水倒掉（滤掉，不能倒掉茶，这也叫洗茶）之后再加入三分之一的开水，再加入三分之一的凉开水，然后再根据季节将水温调到60摄氏度左右。每次加水时都要按比例加，不可一味加凉水或开水。

5. 喝昂贵的茶有违茶道精神。茶道的内涵很多，一言以蔽之即宁静、淡泊、超然、谦逊、思考、俭约、清怡，而喝贵茶首先有违茶道的淡泊、俭约之意，这是懂茶、擅茶道的此友不喝好茶、贵茶的根本原因之一。

为什么只喝三十元左右一瓶的红酒

此君社交场合从不喝酒，只在少量场景或心境下才喝点红酒，但他只喝30元左右一瓶的，那么他为何只喝如此便宜的红葡萄酒而非干红呢？

1. 葡萄酒是酒中最好的酒。葡萄酒无论香、醇、甜、美、郁，都是各种酒类及一切饮品中的最上层，副作用最小。放着这既便宜又最上乘的副作用最小的饮品不喝，反而花更多的钱去喝那些味不如此及副作用又较之更大的饮品，实属不必。

2. 红葡萄酒的色调最美。酒属满足口欲、食欲的物质功用范畴，而酒的颜色则是属于精神享受的范畴，如仅仅追求口欲，仍属低级趣味。而色之美在物质基本有保障后，从某个角度讲比味之美不仅更高雅而且更重要，试想饮品中的最美之味再加之最美之色，会给人一种什么样的享受。

3. 红葡萄酒的性价比最高。所谓性价比最高就是一物的性能及价格两个方面比较而言都是最优，也是俗语说的物美价廉。那些土豪们放着30元一瓶的味道最美、色最宜人的上等饮品不喝，去喝那些色香味皆比其差得多的，且对身体有危害或较大危害的白酒、啤酒，或昂贵得多的干红等其他饮品，真的不知他们是如何想的。

4. 喝红葡萄酒是一个人理性、智慧、不从众、善思考的表现。首先，以最低的消费求最高的性价比、最好最大的享受，这是一个人理性的表现；其次，是一个人不从众、善思考的表现，从众是不思考，是动物与人的主要区别之一。

5. 喝名酒不利环保及可持续发展。过度的消费、不理性消费不仅暴露出自己身上的许多问题，且多花不必要的钱，还有一个是多耗费社会资源，不利环保及可持续发展，这对我们这个资源短缺的国家尤为重要。

6. 喝名酒也反映出自身素质不高。一是人类的文明程度与理性（消费）程度成正比；二是人类的文明程度与人类的思想深度成正比；三是人类的文明程度与富足或衣食无忧后追求简约生活的程度成正比；四是人类的文明程度与智慧程度成正比。不喝色香味最上乘而价格接近最便宜的红酒，反而过度消费或饮用有害的酒类，从某种程度上反映这个人的文化素质有问题了。

为什么人多时不喝酒

此友酒量很大，白酒曾经两人喝三瓶不误开会作报告，但他 20 多岁就不再喝白酒、啤酒、干红。因此友知道白酒伤肝、啤酒伤胃。因此他只喝葡萄酒，特别是自酿的葡萄酒。他有一个好友，每年给他准备山葡萄酿的红酒。此友常在书房里、客厅里、竹林里、山涧溪边独饮（每次 30ml 左右），但是此友喝酒有个特点，就是人多（超 3 人）时不饮酒，其理由如下。

1. 与多人一起吃饭饮酒太浪费时间。多人一起饮酒，从人齐了点齐菜，再到人人敬一圈酒，算下来要浪费多少时间，而一个人的未来就取决于这个人如何支配业余时间，即 8 小时之外决定你的素质、你的成败、你的未来。而将大量或将大部分时间都用在吃喝上的人，一定没有未来。

2. 易被劝酒，即易多摄入酒精，使酒变成了过量可伤人之物。因为在中国的交际场合，只要你端杯，多数情况下易被劝饮酒过量。

3. 没了三两好友或独酌的情趣。一大堆人觥筹交错、废话连篇，层次不齐，人与人没法交流也没心思交流，更不能慢慢品酒或安静、宁静、恬静地边品边思考，而是考虑如何应付，全无了品酒的乐趣、情趣、物趣。

为什么只吃“土食”

说起“土食”，恐怕还有人不知道或不甚明白这个词的内涵，是指在家或在外吃饭也尽可能地食用50公里以内，应季生产的食材。在现代这个交通发达、地球村的时代，还只吃50公里以内的食品，似乎有点不与时俱进或土老帽了，读者朋友从此君的诸多个为什么中，就可看出此君绝非这类人，或这些词绝不适合用在此君身上，那么他这样做的理由是什么呢？

1. 新鲜。对食材而言，从营养学及保健学的角度讲，新鲜比珍稀、昂贵、好吃更重要，且重要得多。因为新鲜的食材不仅营养损失少，而且由于不变质，其携带病菌少。

2. 少食或不食防腐剂。凡50公里以外的食物也即长途运输的食物，运输、存储、周转的时间相对都较长，不少商家包括农户在运输中难免不使用防腐剂，这种东西不仅对人体很有害处，而且久之还极易致癌。

3. 有利于环保或可持续发展。长途运输的食物多了，虽可增加经济总量、创造更多财富、增加GDP，但是必然要燃烧大量的汽油，这必导致环境的污染或对环境的破坏、资源的消耗，这将对环保及可持续发展不利。

4. 经济上更节约。“土食”是50公里内的应季食物或食材，其生产成本、运输成本、储存成本比其他长途运输都低得多，也节约。对人而言，节约不仅有经济上的意义，更有个人素质、修养上的意义。

5. 减少了反季节食材中的农药及激素摄入。反季节蔬菜会加入一些特殊的生长激素来适应反季节，这些化学药品的积累会对人体产生损害。

第五章 社交篇

为什么只有玩伴少有朋友

这个标题不确切，是为了标题的简练才这么说的，确切或科学的说法应是“罕有”或“极少有”朋友。因为此君有一个半朋友，余者都是玩伴。其实，通常所谓朋友的概念实指熟人或有过交往历史的人，更确切地说是可以互相利用的人。为什么对此君用“玩伴”不用“熟人”呢？因为玩伴是此君的定义，他在现阶段除朋友、亲人、爱人外，已不与熟人交往，但仍与玩伴交往，故他说自己只有玩伴少有朋友。

说他少有朋友，不少读者朋友可能会想此君可能有高傲、素质不佳、喜损人利己等毛病，否则咋少有朋友呢？其实不然，是源于此君对“朋友”的定义标准太高，对“朋友”二字太顶礼膜拜，认为“朋友”二字太圣洁之故。此君认为能称为“朋友”，须达到以下四个条件：一是接纳他的缺点，一旦视为朋友无论他多不好，自己也全部接纳之；二是他对自己不好，包括伤害、出卖自己时仍对他好，仍不伤害他，更不会以牙还牙，且无怨愤，顶多觉得看错人；三是一个人将友情进行到底，哪怕朋友不理自己了，绝交了，仍一如既往地关心他、友善他、祝福他，见他遇到困难时仍帮助他、接纳他；四是必须是有思想、有个性、有情趣、有品位、有见识、有境界、有修养、有博爱、有气节的“九有之人”。读者朋友读到这里，应该知道此君为什么少有朋友了吧！

关于玩伴，此君很多。他涉猎这些行业、门类都有志同道合的人一起玩耍、一起讨论、一起研究、一起吃饭，但除玩或共同从事这些活动以外，此君不会另外同他们联系，只是玩时的伙伴，故称之为“玩伴”。

为何不与这十五类人交往

此君有很多朋友（世俗意义上的，下同），他有个理念：40 岁前广交朋友，40 岁后少交朋友，他交往之广包括贫富、贵贱、黑白、僧道、乞丐、老少、男女、翁妪、雅俗等，无所不交，但是他不与这 15 类人交往，即没思想的男人、不读书的女人、没参透人生的老人、不目空一切敢闯敢试异想天开的年轻人、将物质成功作为人生全部价值的人、不终身坚持运动的人、对陌生人不信任及冷漠的人、动辄炫耀关系的人、贪杯的人、喜名牌的人、崇拜权贵的人、喜看电视的人、以微信为主要交往方式的人、炫富炫贵的人、特会搞关系的人。

1. 没思想的男人。此君 15 类不与之交往的人，将没思想的男人放在首位，可见此君对这类人的不屑。因为作为男人，没有思想是最大的失败、最大的无能、最大的无趣、最大的浅薄。另外，人与动物的根本区别是思想，如没思想，就是没脱物性的两条腿动物，故与这类人没有什么可交往处。

2. 不读书的女人。女人不读书，必流于轻薄、拜物、是非、埋怨、狭隘、多疑、饶舌，必没见识、灵性、胸怀，与这类女人交往，你不仅没有任何提高，而且会“远之则怨，近之则不逊”。当然这里所说的读书是读哲文经史，以及宗教、社会学、美学、心理学等无用之书或闲书，而非指读化妆、烹饪、成功学或应考之书。

3. 没参透人生的老人。一个人到了 60 岁后，无论他世俗再成功，财再多、权再大，如果还没参透人生诸问题，包括生与死、福与祸、得与失、进与退、多与少、成与败、穷与富、贵与贱、爱与恨、实与虚、舍与得，有用与无用等问题及其辩证关系，这样的老人是不值得交往的，因为他不具备老人应有的睿智。

4. 不目空一切、敢想敢闯敢试、异想天开的年轻人。此君最重交往年轻人，也最爱培养年轻人，为培养那些有潜质的年轻人，他不仅花了很多钱，还花了不少他最看重、最在乎、最珍惜的时间。但是，他对之有个标准，无论这个年轻人学历再高、学习再好、能力再强、品德再好，只要他不目空一切（指有锐气、有自信）、敢想敢试、异想天开，他是不会与之交往的，因为在青年阶段你没有这些，你就不是实质意义上的青年了。

5. 将物质成功作为人生全部价值的人。当然此君愿意交往的人肯定是很少的，但他不仅不愿与之交往，而且还十分鄙夷这些人，尤其是那些衣食无忧之后，还将物质成功作为人生全部价值或唯一追求的人。这类人不仅没有智慧，而且势利、浅薄、庸俗甚至虚伪、阴险、为成功不择手段，与之交往只是被利用或浪费时间。

6. 不终身坚持运动的人。不终身坚持运动的就是不注重健康的人，不注重健康的人就是不珍惜身体的人，不珍惜身体的人就是不珍惜生命的人，因为身体是生命的载体。试想，一个连自己生命都不珍惜的人，他还会珍惜什么，更不要说与你的友谊了，恐怕这类人眼里只有利益、只有算计、只有攫取。另外，此类人还是没有智慧之人，分不清人生轻重之人，没有爱之人，与这样不情、不智、不爱之人交往或交朋友，也太不智慧、没见识、没品位了吧！因为看一个人的品位看他的朋友，朋友是人的一面镜子。

7. 对陌生人不信任及冷漠的人。对陌生人不信任、不友善或冷漠的人，通常来说不是什么缺点或不道德，况且还有自我防范的成分在里面，此君为什么也不与之交往呢？因为他认为首先是这类人的心理阴暗，因心中有牛粪的人看别人才都是牛粪，你心中有问题，看别人才都有问题。正如性格不好的人同任何人都难相处得好一样，因他认为别人都不好。其次是这类人不智慧，因为天下有少许坏人，就失去与陌生人交往、友爱、互助的机会及快乐，是你的不智，这是何等因噎废食？其实只有智者知道，只要在生命危险及大笔财产方面防范一下陌生人就足够了。最后是没有博爱、境界不高的表现。

8. 喜欢炫耀关系的人。有这样一类人，只要朋友相聚或在饭局等社交场所，只要有机会就炫耀与富人、贵人、名人的关系。哪怕不沾一点边，也说成是好友；哪怕是沾个同姓，也要说成是血亲；哪怕只是同一个部队，也要说成是战友；哪怕只是见过一面或在自助餐厅碰到过，也要说成是醉卧一床……这类人还喜欢或下功夫将富人、贵人、名人的爱好、住址、家人乃至八卦方面的情况摸得较清或讲得头头是道。凡这类人即动辄炫耀关系的人，此君是绝不与之交往的。其理由如下：一是这类人必是趋炎附势之人；二是此类人必是唯利是图之人，他的眼中只有利益，在人际交往中根本没有真情，只有谁可利用；三是这类人必是落井下石之人，因他的眼中只会看人钱权、是否有利用价值，一旦你没用（没钱、没权）之后，定会落井下石。

9. 贪杯的人。贪杯的人有四种表现或具备以下四点：首先是喜喝白酒、啤酒类伤身的酒类；其次是一月超过一次有害饮酒的；再次是以酒的好坏判定友谊深浅或对自己的尊重程度；最后是喜劝酒、缠酒及被劝酒的。而此君为什么不与贪杯的人交往呢？因为贪杯也即贪吃的人，其一是文明程度多较低；二是理性、自制力较差；三是无知，过量饮酒为自戕，贪杯及乐于自戕，那是多么无知的表现；四是不理性、低素质的、粗俗的表现。不信你看真正高素质的人或专家学者、思想家、科学家有几个贪杯的？

10. 喜名牌的人。凡是穿名牌、开名车、戴名表、抽名烟、喝名酒即喜名牌，也是重物质消费高档化、前卫化的男人，此君一律不与之交往，即使不得不碰面也退避三舍或敬而远之。因为这类人一是虚荣之人，二是势利之人，三是拜物之人，四是不理性之人，五是不思考之人，六是没思想、不深刻之人，七是没个性之人。对这样“七不”之人，作为“交友须胜己，不如宁可无”的此君，才不屑与之交呢！

11. 崇拜权贵之人。崇拜权贵的人有三点外在表现：第一，千方百计当官或升官；第二，见比自己地位高的官就想巴结阿谀或恭敬或往上贴；第三，以与认识官员或比自己位高的官或与之有关系为荣。对这类人，此君一概不与之交往，其理由是这类人多势利、拜物、唯利是图、没个性、没人格外加浅薄。

12. 喜看电视的人。喜看电视的四点表现：对电视连续剧津津乐道、熟悉电视明星、喜看新闻联播、喜看各种晚会。只要占其中一点，就为喜看电视的人，此君就不与之交往，即给他“加”入黑名单。按说，电视作为现代文明的产物，以其传播快、清晰、直观、逼真而赢得了亿万观众，又不是什么不法不道德行为，纯属自己爱好，为什么也被此君不屑呢？他不与之交的理由是：第一，喜看电视之人定是不理性、不智慧、不思考之人，其根本没有思考过电视对健康、对智力、对亲情、对自己素质的影响及害处；第二，电视在西方被称之为“插电毒品”，已被高素质的人所不屑；第三，看电视被称之为“傻子的游戏”，看时不用动脑，使人智力下降快，并是老年痴呆症的诱发主因；第四，看电视相对于读书、运动、创造（作）、宗教等属低级趣味；第五，将有限的业余时间用在或全部用在这低级趣味及多方有害的事情的人，一定是素质、境界、层次、智力不高以及没未来之人，此君如愿与之交往，那就不能称为此君了。

13. 喜欢微信或以微信为主要交往方式的人。因为首先是太占用时间，微信里图像、信息、诱惑太多，要占用大量的业余时间，把大量的时间用在这上面的人，一定是没有未来或不智慧、不理性的；其次是微信上面有许多文章、段子，但毕竟是浅阅读，对阅读及思考都不利；再次是经常响个不停的微信，会破坏一个人的专注力，这是人类最大能力——创造力的前提；最后是影响健康，过多盯着手机屏幕必对眼睛及颈椎产生重大负面影响。故此君在微信刚流行时，仅用了一星期就断然下线，再不使用。

14. 炫富炫贵的人。炫富的主要特征是住豪房、开名车、穿用名牌；炫富的表现是认为自己有面子、有能力、有地位、喜到处招摇，尤其是看不起或不屑与比自己级别低的人交往。这类人一是浅薄，二是没有未来，三是易招祸，四是没素质，五是没智慧。故此君不屑与之交往！

15. 特会搞关系的人。这类特会搞关系的人并非指对一切人，那反倒是有修养、有素质，而是指对他用得着的人、能给他带来利益的人。如我曾认识一个人，单位人称“只要是个人，他都能与你搞好关系”，他天天上班的主要精力是放在研究领导爱吃什么、爱听什么、爱看什么、喜欢什么、讨厌什么上。这类人不仅唯利是图，而且势利、没原则、不择手段、落井下石，多属典型的小人，应远之矣。

为什么交友须胜己

此君交友有个标准，即“交友须胜己，不如宁可无”。他的原则是：宁缺毋滥。宁肯没有朋友，也不能交低素质的朋友，这当然和他“40岁前广交朋友”中的朋友是两个不同的含义，前者是指有交往或有关系的人，为自己建立人脉关系；后者是指有见识、有思想、有个性、能倾心的知音。他为什么要交友须胜己呢？

1. 朋友决定自己的品位。记得有位哲人说过：看一个人的层次看他的敌手，看一个人的品位看他的朋友，看一个人的境界看他读什么样的书，看一个人的未来看他的8小时之外。再者，朋友还是一个人的一面镜子，能映照出你的品位或素质。

2. 与什么样的人在一起，你就会成为什么样的人。朋友间相互影响是很大的，久之，必变成与你经常相处、交往的那个人，甚至连相貌也发生变化，这是许多夫妻有“夫妻相”的原因之一。尤其是交了不良的朋友，因为人性如水，向下流（学坏）易，向上流难。这也是古人常说的“近朱者赤，近墨者黑”。

3. 决定你能否较快成长尤其是成大事。与胜己之友交往，你才能天天不断进步，才能每天进步一点点。

4. 伟大总是站在别人（伟人）肩膀上。这个别人，自然不是一般的、凡俗的别人，而是指伟大的人，至少是才干、成就方面超过自己的人，只有与此类人多交往，你才能提高快、进步快、成长得快，才能使自己较快地成长、较快地成功、较快地成熟。

为什么四十岁后少交朋友

此君有个“40 岁前后理论”，即 40 岁前入世，40 岁后出世；40 岁前张扬个性，40 岁后收敛（隐忍）个性；40 岁前重生存，40 岁后重生活；40 岁前为别人活，40 岁后为自己活；40 岁前重知识、能力提高，40 岁后重见识、智慧提高；40 岁前重无我，40 岁后重自我；40 岁前重动，40 岁后重静；40 岁前人生重加法、乘法，40 岁后人生重减法、除法；40 岁前广交朋友，40 岁后少交朋友。此君的这个 40 岁理论内容颇多，我只展开讲一点他为什么 40 岁前广交朋友，40 岁后少交朋友。

1. 青年阶段广交朋友，可以使你在人生的旅途尤其是世俗成功中得更多的人启发、更多的机会、更多人的帮助支持。“多个朋友多条路，朋友多了路好走”，“财富不是朋友，朋友一定是财富”。故此君在 40 岁前尽可能多地与各层各类人交往，包括艺术家、专家学者、官员、企业家、僧侣、道士、尼姑、军人、工人、农民、卖艺玩杂耍的、小混混、刑满释放人员、乞丐等，无不与之交往。

2. 精力及属于自己的时间越来越少。因为 40 岁后，人生的定位明确、方向明确、目标明确，自己擅长什么、在意什么、适合什么都已清楚，已将精力全心投入自己喜欢的、有潜质的、适合自己的、在意的事情上，也没时间、没精力更没有必要像青年时，对自己人生没有定位好时的交友的没选择性。

3. 明白了“交往不在多，（好的）一个胜一筐（许多个）”的道理，同时也明白了朋友与熟人的区别，对交往做减法、除法，不再多结交熟人，将注意力放在寻觅真正的朋友或知音上。

4. 作为社会人，须交往的各类人际关系已经够用了，没有必要再浪费自己的精力及心力了。要知世俗所谓的朋友即熟人越多，浪费的精力、时间越多。一个人将较多的精力浪费在交往免不了的迎来送往、陪吃陪喝中，你的人生如何升华？

5. 对朋友的要求越来越高。因交友须胜己，不如宁可无嘛。当然，这个胜己是指修养、智慧、思想、学识上的胜己，而非世俗社会上的钱财与官位胜己。

为什么“五劝五不劝”酒

此君在社交场合不喝酒是出了名的，但是他并非绝对不劝酒，而是坚持“五劝五不劝”，下面分别展开讲讲这“五劝五不劝”以及为什么这样做。

1. 为什么对富贵的人不劝，对贫穷的人劝。这个富贵和贫穷不是指就社会总体情况，而是针对此友自己的社会层级，尤其是收入状况而言，也并非是指只要比自己低一点点就列在贫穷之列，而是指不仅比自己低而且低得多的人，如工农。富贵的人不仅指比自己富贵的人，也指那些就社会整体情况而言比较富贵或衣食无忧的人。因为劝酒一是短缺经济的表现，在短缺经济条件下，人们缺吃少喝，尤其是酒多是用粮食酿造，在短缺经济下的人们连温饱都不能保证，哪里还能有酒喝或能经常喝到酒呢？故客人或朋友聚会，都劝对方多喝，这在短缺经济下确是对对方的尊重。因此说这种劝酒方式对衣食有问题的穷人还是有用的，但对衣食无忧的尤其与肥胖作斗争、视吃喝为负担的人，是没必要甚至惹人反感的。

2. 为什么对部分男性劝酒，对女性一律不劝酒。因为女性一是喝酒伤她们的美丽，尤其是白酒，能加速皮肤衰老；二是女性在“中国式酒桌”上，与男人一起喝酒，显得很没品位，劝她们酒从某个角度上讲，是让她们没品位；三是男人喝醉了在哪都可躺都可睡，任何人可扶可抱可背，而女性则不然，万一喝多了有许多不便。

3. 为什么关系好的不劝，关系不好（过去有矛盾）的狠劝。如果关系好的人再劝酒，有三个副作用：首先是见外了，即将很好的关系反扯远了；其次是少了轻松自由，关系好的人在一起相聚小酌两杯，应以轻松、自由为主题，不要让这些原本关系很好的人，感受到压力和不快乐；最后是不利健康，关系好的人在一起再让寒暄、虚伪、客套为健康让路，还能叫关系好吗！为什么关系不好的反要狠劝呢？因为第一关系不好的平时都很冷淡或心存芥蒂，在中国酒文化氛围下，如果你不劝酒，在关系不好的人那里，他易认为你冷淡或看不起他，或故意不将他当回事；第二，对关系不好的人尽力劝酒，有利改善关系；第三，对立的原因多因沟通不到位，而多喝点酒人易兴奋、有语言欲、说真话，这都有利于心理开放，心理开放了沟通就畅快了、有效果了。

4. 为什么身体好的劝，有病的不劝。身体好的劝也指那些在劝酒之列的人，不在劝酒之列的人，身体再好也不劝。身体好的多劝几杯，在中国的酒文化下对人际关系是有好处的，但是对身体不舒服的，装药片的哪怕是假的，起码也证明是不想喝酒的，也要尊重他。

5. 为什么对在职的不劝，离退休的劝。在职的人一般都不缺酒喝，且多数已喝出毛病或喝成负担了，故不要劝，让他们随意喝，甚至不愿喝时不拿酒，他们反会感到高兴、轻松。而离退休老干部们，一般有失落感、寂寞感，再一个他们的酒场也少了许多，这时你多劝、狠劝他，他会觉得你这人不势利，自己不在台上了还尊重他。

为什么约会总早到一小时

此友与人约会见面，无论上级下级，无论贫富贵贱，都要早到。除在自己本身所在的位置外，只要是需要他坐车赶路的，一律要早到。如在北上广等城市，在路上堵车严重的，他都要求自己计划早到一小时，一般的城市他也要求自己计划早到半小时，以留下余地以防迟到。他陈述早到的理由如下。

1. 早到并非早见。他的早到是早早地赶到约会地点附近，而非是去见人家或到约会的地点等候，只是到附近找个可坐的地方或在车上看书，等到时间了再去。

2. 不留充足的时间，在现有的交通情况下容易迟到。因为公路的拥堵情况不是你能预料得到的，如不提早安排，恐怕会迟到误事。

3. 约会迟到是不诚、不信、不智、不尊重人的表现。不守时，不尊重人之人等于自毁前程，等于一生将与失败为伍。

4. 提前到约定地点在车上或找个地方静静地看书或做事，与在家在办公室一样，自己并没有损失什么。也就是说在自己不损失任何东西的情况下，守信、诚实、尊重人、严谨、准时，这又有什么不好呢？

5. 不在约会时间上留有余地的，甚至以堵车为理由将迟到不当回事的人，不仅不可信、不可用、没前途，而且还是一个不负责任，凡事不留余地的低素质的人，因为他习惯于、放纵于迟到，他的责任心、他的前途就可想而知了。

为什么对朋友苛刻

看这个题目，肯定有不少读者朋友心里会问：根据读本书所了解的此君的智慧、修养、胸襟，不会对朋友用“苛刻”二字吧？这个问题问得好，凡能提此问题的读者朋友，一定是爱思考、有见识或有思想的朋友，不人云亦云。在这里我要同读者朋友说明一点：此君“对朋友苛刻”的意思不是交友中对朋友苛刻，而是在择友中对朋友苛刻。反之，一旦被此君认作朋友，则极为包容。世俗之人常把经常交往甚至偶尔交往的人都称朋友，其实那是对朋友的亵渎。下面分别说说此君择友时的苛刻及择友后作的包容或高风亮节。

先说说他选择朋友的苛刻。在说这个问题前，先说说此君交往的人分为熟人、玩伴、铁杆、朋友四类，熟人是指一切熟悉的人，包括工作、学习中天天见面的人，打交道多的，甚至天天吃住在一起的，都在熟人之列；玩伴是熟悉的人中经常一起玩的、一起吃喝的，即生活（业余）中接触比较多，走得比较近，兴趣爱好有相同之处的；铁杆是能交心的、彼此信任的，甚至没有秘密的、互相维护的、一损俱损一荣俱荣的。以上都不在朋友之列，那么什么是朋友，此君要求相当苛刻，不达标准，不视为朋友。他交友的标准有以下九点：一是有思想，思想是人与动物的根本区别中最主要的区别，无之连人都不算，还值得交往吗？二是有先进的价值观，在民主、法治、自由以及物质高度丰富的现代社会，你再抱守残缺，甚至还将升官发财作为人生价值所在，这样的人也太落伍了吧？三是有个性，个性即与众不同，与众不同只要不违法就是优秀之人、奇特之人、出众之人，起码是不俗之人。四是嗜读，嗜读是一个人知识、智慧、情趣、道德、修养之源，不嗜读之人以上三项必缺，交之何益？五是研究宗教（读或研，即信而不拜），因真正的宗教徒及注重吸收宗教精华的研究宗教者都是向善、向真、向美、向义、向诚的，都是或多是品行过人之人，一个没有信仰的人就没有敬畏，能值得你倾心而交吗？六是要珍惜身体，身体是生命的载体，不惜之即不珍惜生命，试想一个连生命都不珍惜的人，他会珍惜你的友谊吗？珍惜身体不是挂在嘴上的，以下几个内容全做到才能算是：首先是坚持竞技运动，终身坚持一至几项运动且每周不少于四次；其次是要有较深的预防医学及营养学、心理学知识，否则你将“不是死于疾病而是死于无知”；最后是要理性节制，不能有自戕的恶习，如饱食、吸烟、喝酒、熬夜、不早起，饮食不“三定”，即定时、定量、定结。七是要会一至几项乐器，即喜音乐，因音乐是心灵的洗浴，无之的人不说心灵必肮脏起码不洁净。八是对哲学感兴趣，有一定基础或造诣，因为哲学是关于人生诸问题的学问，一个对人生诸问题都搞不明白的人，必是在人生大方面糊涂的人，也是个不易相处的人。九是既入世又出世之人。即先入世在社会上拼搏一番，丰富阅历、扩大视野，也积累一点点物质基础，然后出世，将职业当作社会人的身份或隐世手段，过自己想过的生活、做自己喜欢做的事情，与人无争、与世无争、与利无争、无欲无求、无怨无悔地做世人不屑、自己喜欢之事……当此君还在往下说时，我一反常态违背自己从不打断人言的信条，情不自禁地打断他："好了，大师，你肯定没有朋友。""你又错了，我有朋友。""我不信！""一个是与自己做朋友，另一个是正在找寻中还没见过面、交往过的朋友，一定会有许许多多这样的人，无非是自己无缘相见罢了；再一个是退而求其次，我有两个，严格说一个半可称朋友的人，一个在北京当主编，一个在加拿大。"

再说说他如何待朋友，如何待朋友的这个"待"字，须以朋友为前提，即认定做朋友之后，也就是那个人够资格做他朋友他又视作朋友之后。此君待朋友之道有"五"：一是接纳他的缺点，喜欢朋友的优点人人都会，只有接纳、认可、喜欢他的缺点，才叫真友情。二是处处或一切为对方着想。如鲍叔牙见管仲多占，体谅他家贫；见他打仗时贪生，体谅他家有老母。三是为朋友两肋插刀，帮助身处困境的朋友时倾其所有乃至不惜生命，因危困之中才见真情。四是他对我不好时我仍对他好，哪怕伤害我时我仍不还手，也不后悔、不怨愤，甚至不逃避，顶多是认为自己看错了人。五是一个人将友情进行到底，即他不理我了，不要我这个朋友了，看不起我了，我仍一如既往地对待之，友善他、关心他、祝福他，遇困难时帮他、遇痴时提醒他、回心时接纳他。

当我听完此君关于如何待朋友的这段话时，情不自禁地也自不量力地说了句："我若是你朋友就好了。"说完之后我立马知道我不该说这话，没等此君反应我连忙将话题岔开了。

为什么不将他人往坏处想

此君有个习惯，即在不危及生命及大笔财产安全的情况下，从不将人往坏处想，即把遇到的或与之打交道的人都视为好人、君子，哪怕他明明知道此人在骗自己、玩自己或损自己、诽谤自己，不仅不当场戳穿，而且还会甘心上些小当、受些小骗。以此君的知识及经历，真假善恶极少有人能骗得过他的眼睛，但他为什么从不将人往坏处想呢？

1. 将人往坏处想当然除上面提到的生命及重大财产安全两件事外（下同）是一个人心理阴暗的表现。这样等于暴露了你心理阴暗，或像佛印讽东坡“心有牛粪之人看别人都是牛粪”。因为只有心理阴暗之人，才会也将别人往阴暗处想，如心如白纸即心地光明的孩子，不会想到别人是小偷、骗子、杀人犯的。

2. 是一个人智慧的体现。反之，为什么说将人往坏处想就是不智慧的表现呢？一是你将别人往坏处想，即不相信别人，你也将导致别人对你的不信任，而人与人之间，尤其是亲人、友人之间的信任，是一个人世俗成功的基础。二是你将失去了许多与人合作的机会，与每个人的交往中，都有机会合作，或向人学习。而你不相信别人，别人同样也会不相信你，如此你会失去许多与人合作或向人学习的机会。三是失去更多人的支持，包括舆论支持。你处处带着警觉的眼光看人，处处将人往坏处想即将人当坏人，那么你自然会让人觉得别扭、不舒服，也不可能到处或随时随地与人打成一片，即失去更多人的支持。

3. 不是一个合格领导人或难以干成大事的体现。所谓“领导”，其定义就是凝聚、协调众人向既定目标快速迈进。这首先要求你团结绝大多数人，而团结的前提之一是相信、是敞开心怀，如果你动辄怀疑别人，如怀疑别人的忠（真）诚、怀疑别人的动机、怀疑别人的能力、怀疑别人的好意、怀疑别人的努力，你肯定凝聚不了众人，哪怕你再有权势，哪怕别人再惧你怕你，但他们最终会反对你、致力推翻你或诅咒你、希望你倒台，至少是在背后或你离任后骂你、告你。

4. 为防比例不到 1%甚至 1‰的人，天天将自己搞得紧张、焦虑甚至神经兮兮的，不仅没有必要，而且也得不偿失。只要不危及自己的生命或大笔财产安全，即使上当、受骗一次或几次，也总比天天将自己搞得紧紧张张及失去与人合作、信任，以及向人学习的机会要强得多。

第六章 婚姻家庭篇

为什么从不与老婆生气或争吵

不要看此君在外指点江山、激扬文字，在家“怕”老婆可是出了名的，尤其是在老婆家人、亲戚那更是出了名的，他“怕”的体现是从不与老婆生气或争吵，他“怕”老婆的口头禅是：夫妻有分歧或老婆指责埋怨时有三原则，一是她永远是对的，二是我永远是错的，三是如有特殊情况，请参照第一条。此君乐于“怕”老婆，从不与老婆生气、争吵的理由如下。

1. 夫妻没对错之分。想在夫妻中分清对错的男人，首先说明你不是个智慧的男人、没有胸怀的男人，是个斤斤计较的男人。此君说到这里忙补充一句：“当然我这样说，并非指责老婆包括女性什么都不懂，而是说夫妻间没有对错、是非之分。”

2. 家事论情不论理。不争论除争不清外，更主要的是对家事上夫妻的分歧，作为男人要有正确的思维方式，即论情不论理，因为家是温情、休息、放松的地方，不是争论、生气、分高低对错的地方，如果你在家中还在意分对错、是非，那就是你思维方式错了，就意味你一生不得安宁。

3. 与老婆争吵是无知的表现。说无知并非是指一个男人在一切方面都无知，而仅指他在经营婚姻、参悟了解婚姻、了解女性尤其是女性思维方式、性别特征方面的无知。婚后的女性的性别特征就是喜欢啰唆、埋怨、指责、怀疑、攀比，你娶她回来时就要做好这方面的思想准备。

4. 不明白女人是家庭之魂，潜意识有做家中的主人、家中的皇帝的心理需求。就如同男人想在外面呼风唤雨、一呼百应、前呼后拥一样，女人在家中同样有这样的心理需求。作为男人你不能满足女人这一点，你就不能叫智慧。家中的事全权让她当家、让她施展才能好了，千万不要与之争吵。此君搬新家装修房子，只定个总支出价，从不过问，装修事宜全权交由妻子按她的喜好处理。

5. 切断争吵源。夫妻间的争吵源无非有三：金钱、外遇、是非。一是此友虽然有钱，但他对妻子即家中开支的用度标准是“不缺必需品，远离奢侈品”，按这个标准给妻子一定数目的钱，便不再过问如何花。另外一个经济上易出现矛盾的问题是双方父母亲戚花的谁多谁少问题，要给对方父母亲戚多花些，以显对她的重视。二是关于异性，在她的视野范围内不与任何异性多说一句话，对漂亮女性绝不多看一眼。三是关于是非，如前所说她都是对的，如关汉卿小令组曲的一首：南亩耕，东山卧，世态人情经历多。闲将往事思量过。贤的是他，愚的是我，争什么！

为什么不“孝”——他还让高龄老母亲劳动

此友是个远近闻名的孝子，他有几点做得很值得侪辈学习。一是每天给父母至少打一个电话；二是自己有的先让父母有，如空调、冰箱、电话、手机等，在自己有条件使用前先给父母置办好；三是自己有能力体验的文明成果也要同时让父母体验。如此友坐一次飞机后，立马带父母出去乘一次飞机旅行。但他有一事做得很“不孝”，即力排众议仍同意高龄老母临街摆摊挣钱。

有次回家探望父母时，60 多岁的老母亲找他告状，说自己想在门口的街边摆个小杂货摊，在家的姐弟几个一致强烈反对，理由是怕人说子女不孝，自己条件不错，还让年迈的母亲自己去挣钱养老。没想到此友看到老母亲渴求的目光后立马拍板同意："对外就说我让的，不孝的恶名我背着，与你们没关系。"老母亲遂在外摆了个杂货摊开始挣钱了。但此友对老母亲"约法三章"：一是刮风下雨不准出摊；二是夏天热时冬天冷时不准出摊；三是忙时累时病时不准出摊。老母亲欣然答应。于是我问此友："你从不让父母缺钱，你应也不缺父母的钱，为什么还让老母亲摆摊呢？"此友笑了笑，随即说出了他宁愿背骂名也让老母亲摆摊的几点理由。

1. 生命在于运动。老母亲不会别的运动，若天天一味在屋里待着，久必生病或体力下降，让她摆摊，她要去进货、要去买卖，等于她在运动，只要雨天雪天酷暑天不摆摊，这绝对对她健康有好处。

2. 顺比孝重要。孝顺，孝顺，孝主指敬，顺主指从，所谓忤逆即不顺从之意。对于老人的想法，只要不是违法乱纪或自戕身体的事，都应无条件顺从才对。

3. 自由比生命重要，对老人也不例外。许多子女为了自己的面子或别的原因，常干涉老人的自由，甚至连再婚的自由也没有了。

4. 使老母亲有精神寄托。老母亲不识字，不能阅读、不信宗教，又不会打麻将，如果这也不让干，那也不让干，其精神完全没了寄托，岂不要憋出病来？

5. 能使其得到挣钱的快乐及有自我价值感。尤其是上了岁数以后，看到自己还能挣钱，自我价值感会油然而生，这可是人最高层次的需求，比你给他们吃好穿好零花钱多还重要，尤其是一天下来在灯下数自己挣的钱，那种快乐是无法形容的。

6. 有事干也使自己的生活更充实。人为何叫高级动物，尤其是社会动物，这就需要人无论老少既要不停活动，还要不断融入社会，如果天天在家中除了吃就是睡，人的自然属性及社会属性都会渐失，不仅身心易有问题，且生活也不会快乐幸福。

为什么对亲友只帮钱不借钱

此君个人收入很多，生活又很俭朴，自然有不少储蓄，有不少亲友找他借钱，他无论远亲、近亲，都是一个原则：只帮钱不借钱。凡是因做生意、买奢侈品、消费品来借钱的，一律婉拒，凡是富贵之人来借钱的，一律直接拒绝，但他也绝非无情无义之人，关系好的、有恩于己的或因天灾人祸、小孩上学、大学毕业求职等来借钱的，根据关系人情状况及本人素质及当时自己的经济情况，无偿捐助一些，但绝不借钱。一次自己亲兄弟确实是干正事，支持他一些却解决不了问题，就又拿部分钱放自己好友那，让他兄弟向好友借钱并付与银行同样的利息，那么此君为什么宁肯给钱不让还，也不肯借钱给亲友呢？

1. 借钱给亲友等于钱友两失。如此多数情况下，不仅钱要不回来了，而且朋友、亲人、家人还易翻脸，甚至拼打吵闹、上法庭的也大有人在。无数事实证明借钱给亲友等于失去了金钱与亲友。故对多数人而言，借出去的钱不仅难以收回，而且还易与之闹矛盾，最后连亲朋也做不成了。

2. 借钱不愿还是正常人的正常心态。因凡被借钱的，一般经济条件都较好或比借钱人好，他自然想到你这么有钱不会在乎这点钱，就不会将还你钱当回事。

3. 助长亲友对自己不负责或不自力更生的不良行为。此友明白除天灾人祸找人借钱者，多数反映出以下几点不良素质：一是没有量入为出的习惯或潜意识；二是有不靠自力更生的思维或习惯；三是不理性、不节制；四是财物消费上没有计划性；五是有乱花钱、随意花钱的恶习或不良习惯。故很轻易地借钱给亲友，也等于助长他们这几个方面的不良习惯。

4. 徒增烦恼及降低自己的幸福指数。凡借钱尤其是借大额金钱出去，等于你同时做了几件愚事：首先是失去了金钱，大部分人不是不还，而是无能力还；其次是失去了对人生很重要的亲情、友情；再次是收获了麻烦，记得有位哲人说过：借出金钱多数情况下等于失去了金钱反播种了麻烦；最后还降低了幸福指数，幸福从某个角度讲是一种关系，即亲人、友人、爱人、熟人中的一种良好的关系，只要你有借钱与人的习惯，必有不良的人际关系，也必会降低或大大降低你的幸福指数。

5. 易增加心理负担。借钱后，尤其是大额金钱后，就担心他是否还、是否按时还，尤其到了对方说的还款期或没说还款期较长时间后，更是会天天或经常在心里犯嘀咕：会不会忘了、会不会装糊涂、会不会不想还了，天天在心里好像有个事或有块石头压着，使之不得放松或不得开心颜——这是何苦呢？

6. 双方关系变成了不平等关系。一个是借钱者因欠你钱，觉得不如你，甚至矮你一截；另一个是被借者天天怕不还，想要他还不好意思开口，好像做贼似的，到最后求他还时感觉借钱者反成大爷了，自己与他反不平等，心里感觉更不平衡了。另外一个更重要的是人类潜意识都有自大情结，对凡超过自己的人都有本能的反感，因其衬托出了自己的无能或缺陷，故借了钱后两人之间从关系到心理都不平等或不平衡了。

7. 易反目成仇及冲突升级为暴力犯罪。别人不能按时还钱或不还钱，你的言行、表情必有怨相，而对方自然也会这样想：还亲戚、朋友呢，借点钱又不是不还，就这样。更易有怨言怨行，借钱者想到借钱不还你反成爷了，反不高兴了，怨恨自然会升级，于是双方极易反目成仇，尤其是较大数额时，不是对簿公堂，就是仇恨有加，还易有肢体冲突或引发打砸抢杀伤等暴力犯罪行为。

当然此君凡事不走极端、不“一点论”、不“有执”，即凡事都有例外的情况，但是当他在特殊情况下破例借钱与人时，也有三原则：一是从借出之日起就不会再要了，故不会有烦恼、有惦记、有不满，一段时间不还就直接说免了；二是不超过自己存款的20%即不影响自己的生活；三是如果别人还了，就像是中了彩票般的惊喜。

为什么对老人重顺轻孝

从此君的修养、智慧就不难看出他一定是个忠孝节义之人，但是他一反常态对老人重顺轻孝，在“顺”字基础上下功夫，他这样做的理由如下。

首先是他认为中国人的孝有重大思维误区，就是认为孝是让老人吃好、穿好、住好、用好，让他们出有车、食有鱼、用有仆，过上钟鸣鼎食、吃香喝辣的生活，或是经常去看望他陪他，或给他们很多钱，这或许在古代或物质贫乏的短缺经济时代或年代，孝的主要方式或全部内容。因在那个时代物质上的极度匮乏，吃饱穿暖有问题，吃饱穿暖或物质上的增加，自然会增加幸福指数，故物质上的供奉的丰厚，往往决定孝的程度，如只有一碗饭能让父母先吃，自然就是孝了。但是到了今天这个与营养过剩作斗争的时代，如果再仅以物质上的丰厚，以及问寒问暖、殷勤陪伴作为孝的全部或主要内容，就不与时俱进了。

其次是在物质丰富起码是衣食无忧的情况下，顺比孝重要。举个简单的例子说，你如果将老人供养得再好，你不顺着他，即天天与他争吵、对着干，让他们干他们不想干的事，或不让他们干他们想干的事，他们能有快乐与幸福可言吗？顺，不仅指言听计从，起码是对老人不冲突、不指责、不埋怨，了解老人啰唆及对子女不放心的特点，即使老人“教导”或说教得再明显不对，也要顺着说好，不惹老人不高兴，至于背后你如何做，那是另外的事了。

最后再说说顺的内容：一是要顺着老人的言语去说，在语言上不要和他们对着干或反唇相讥或不屑一顾，那样老人们会很伤心；二是要顺应他们的居住方式或居住地，不要认为将他们接到城市或自己家里就是孝顺，如果他们不乐意就会不开心，哪怕父母只剩下一个人，若想单住或在条件不好的农村或小城市住，也要顺着他；三是要顺着他们的饮食习惯，几十年形成的饮食习惯他们改不了，身体也适应了，绝不能用你认为科学的方法要求或强求改变，因为心情不畅即抑郁比其对健康的害处更大；四是要顺应他们的思维方式，老人的思想方式受他的知识、阅历，尤其是过去那个时代的影响，作为晚辈绝不能用现代人尤其是成功人士的标准去要求他们；

五是顺着老人的价值观，老人的价值观也是受思维方式同样的条件限制，现代中青年人不能以己度人。

为什么重成长不重成功

此君无论是对子女教育还是对自己，都是重成长不重成功。他早早就获得世俗成功，但在 33 岁那年他决定将人生的目标定位在重成长之上，不再为钱权等世俗的成功而努力、操心、奋斗，将自己的主要精力、心力、智力都用在成长之上。要阐述清楚为什么重成长不重成功，就要先说说什么是成长。所谓成长有个主要内容：就是今日之我优于昨日之我，即以素质成功为目标的素质的不断累进。说完了什么是成长之后，就可以直入主题，说说为什么此君对子女教育包括自己都不重成功重成长了。

1. 成功是成长的附属品。一个人只要不断成长，提高个人素质，就不用再愁成功，因为财富、幸福最终流向智者、流向高素质者，也即一个不断成长的人。

2. 素质成功是一个人最大的成功，而素质成功的前提是成长。

3. 世界上最大的财富是将自身打造成财富，成为一个“文明其精神，野蛮其体魄”，“壮士腰间三尺剑，男儿腹内五车书”以及能工、能农、亦政亦商、亦禅亦医、亦教亦艺、亦文亦武，干什么都不可多得的全面高素质者，将自身打造成做大财富的人。

4. 没有成长的成功，不仅仅不能成大功、久功，而且还会招祸而且遭大祸、实祸、奇祸。因以钱权为主要内容的世俗成功，要想成功，必须有相应素质与之匹配，如果没素质与之匹配，钱权如同烈马，不能驾驭它的人迟早会在它的狂奔下重重摔下马来，非死即伤。

5. 成长可使人更充实、生活更有意义、精神更丰富、更通哲、生活质量幸福指数更高。否则仅物质成功更易使人堕入厌倦、空虚及吃喝嫖赌抽等低级趣味及自戕身体之愚行或动物式的欲望满足中。

为什么不让子女写课外作业

此君有个儿子，天资聪颖，不仅学习很好、爱好广泛，而且还取得了不少国家级学生奖项。虽然此友与教育界有联系，仅出资助学就不下 10 个学校，设教育奖学金、基金之类的也有好几个，但他从不找孩子所在的学校额外照顾孩子，只找老师给孩子开一个后门：不写或不检查孩子的家庭作业及课外作业。此举对“分数是学生命根”的中国教育制度下的家长，无疑是个另类或“神经病”。他这样做的理由如下。

1. 孩子的天性是自由成长。但过多的作业会束缚孩子的成长，尤其是心灵自由。诚然，正如绝大多数中国学生那样，被囿于两张桌子、两点一线、两件事（睡觉和学习）之中，他能自由成长吗？

2. 玩耍要比学习对少年儿童健康成长更重要。少年儿童要想正常成长，必须要有足够的玩耍时间，如果违反少儿的成长规律及身心需求，那样只能摧残他的身心，更不要说能让他们正常成长或优秀、幸福了。

3. 这最大的害处是摧残了他们的读书兴趣，使他们从小就厌恶学习。试想对于成长中的孩子而言，如让他们总在写作业、做练习题或读他们根本不感兴趣的书，这就如同强迫成年人去吃不喜欢吃的食物一样，吃了不吐才怪呢？这等于将他们的读书兴趣销蚀殆尽。为什么说这是最大的害处呢？因为人一生最大的成功是素质成功，而读书是提高素质的最佳、最快途径。摧毁了少年儿童的读书兴趣，等于让他变成平庸的人。

4. 摧残了少年儿童的身心健康。少年儿童在玩耍中才能最有利身心健康成长。反之，违背少年儿童的身心需求及成长规律，尤其是夜晚还让他趴在桌上，久之背也驼了、眼也近视了、体能下降了、性格孤僻了，身心健康都受到很大摧残。

5. 合作能力即处理人际关系的能力大大下降。少年儿童玩耍是学会人际相处的最好途径，而天天将少年儿童束缚在桌子边，没有或少有玩的时间，也剥夺了少年儿童处理人际交往的能力。要知道人际关系不仅是一个人成功的重因之一，更是干大事的基础，没有和谐的人际关系，无论你再有才、再有机遇，你也干不成大事，即便走运干成了，你不仅久不了，反会惹更大的祸。

6. 人际交往能力是幸福的基础。就连课余时间也让少年儿童不出门写作业，等于剥夺了他们人际交往的能力，即将来不会有或难有良好的人际关系，而幸福学中对幸福虽有多种定义，但有一种定义最得专业人士首肯，即“幸福是一种关系”，就是一种与各级各类人都很和谐的人际关系。试想哪怕你富如石崇、贵如王公，如果你的上下级、同事、妻儿、父母、朋友都与你关系紧张，你还有幸福可言吗？

为什么从不教育子女

此友有个特点，常遭妻子埋怨，就是孩子6岁后，对他从不说教，除涉及其人身安全的事情外，连其犯错、学习下降等令现代中国父母不可接受的事，他都视而不见或一笑了之。为此，妻子多有意见。此君这样做可不是不懂教育学或对子女不负责，反之，他将教育子女当作人生重大任务之一，加之此君当过高中校长，是几个大学的兼职教授，出版过教育学专著。但他从不教育子女，为此家人对他还颇有看法。记得有一次他正在埋头读书，妻子十分不满地埋怨他："天天只顾做自己的事，一点也不教育子女。"没想到此君听后不动声色地答道："我不正在教育子女吗?!"下面我侧重谈谈此君从不教育子女的几点理由。

1. 身教胜于言教，子女从行不从声。这是教育学研究得出的重大结论，父母的行为是不言之教，且是最好之教，会对子女起到潜移默化的作用，是胜于言教效果数倍的教育，可惜相当部分人不能真正明白，相当部分人即使明白也做不到。

2. 说教易使子女产生反感，至少是效果不佳。一是子女由于知识、阅历、年龄的关系，对大人的话多不能理解，说也没用；二是青少年包括儿童多有逆反心理，越说教越不听；三是说教中多含批评，易伤子女自信及中断与子女的沟通，而沟通是教育的前提。因此说，明智的家长还是不说教或少说教为佳。

3. 除身教外将工夫、心思多花在陪子女玩耍上。这是因为首先玩是子女成长的重要内容；其次是会玩的程度与智慧、身心健康及未来的成就、幸福成正比；最后是在陪玩中有利沟通，有利发现孩子潜质，而父母最大的责任是发现子女的潜质而为之成长提供条件。

4. 免于孩子学会言行不一、说一套做一套。如果像多数父母那样习惯于说教孩子，尤其是许多素质不高或不懂教育学、心理学及儿童成长规律的父母，往往“嘴长在心上”，即想到哪说到哪，说教多，而说教多了要求孩子多了，自己肯定有做不到的地方，如父母普遍要求孩子读书，可中国父母有几人读书？这不仅使孩子认为你言行不一，说一套做一套，而且孩子也潜移默化地学会了言行不一或只说不做。

5. 孩子易看不起父母，大大折损父母的教育效果。首先是父母说一套做一套孩子会看不起你。看不起你，你的教育效果就很难保证了；其次是父母说多了孩子易反感、易对立、易逆反，不仅会效果甚微或没有效果，而且还强化了孩子的某些缺点——说教中大部分难免是批评，批评即强化。

6. 3 岁后的孩子的自我意识较强，较叛逆。说教不仅效果不好，而且还易引起反感、引发父子关系紧张，或让孩子反感大人的啰唆。孩子一旦觉得你啰唆或反感你的话，那么你的教育效果就没有或大大下降了。

7. 批评是强化也是否定。说教的主要内容无非是子女如何不对或应如何做，其实这都是对子女的否定，也是对他缺点或不足的强化。因批评等于向其传达一个意识，你有这方面的毛病，久之就算以前没有这个毛病现在也有了。不信你可以做一下实验：你按半年时间总批评并不胆小的孩子，怕天黑、怕生人，过半年时间你看看，90%以上的孩子会胆小。

8. 会削减及丧失他的自信心。经常被教育被批评的子女，会在自己潜意识里认为自己这也不行，那也不行，甚至怀疑自己的智商低或其他能力差，是个笨孩子或坏孩子，久之必会失去自信心。一个人最大的失败是自信心的丧失。

9. 父母及老师最大的教育任务、最好的教育方法，就是发现孩子的潜能并为之树立信心、提供条件，给予多方鼓励与支持、引导，使之坚持，使之能从中得到快乐，而非以批评（否定）为主要内容的“中国式教育”。

10. 子女的成长本身就是试错过程。过多的说教除引发以上的负效应或不符合教育规律外，就是剥夺了孩子试错过程即成长过程，这是有违教育规律的。

为什么不留遗产给孩子

此君的财产如不经常捐出，他自身生活又节俭，从不吃好的、穿好的（名牌）、用好的、住好的，包括收藏增值，应该说有一些。膝下只有一子，按说儿子不用奋斗，什么都不干也够用了，可是此君很早就立下遗嘱，委托可信赖的人将自己的房子、车子、收藏等一切财物捐出及留给死前照顾他的那些人，偏偏不给孩子留分文，惹得儿子总是怀疑不是亲生，后来半开玩笑说要与他登报脱离关系，老婆、家人、亲戚无不同他争论、生气，此君都只是付之一笑。一次老婆为之同他争吵得很凶后，心里不舒服，在出租车上同司机倾诉，没想到此司机很有思想，他说：“你这样做得对，我理解，但估计很多人不会理解。”此君此时大有英雄相惜之感地说：

“我历来崇尚‘走自己的路，让别人去说吧’，才不管别人是否理解，不活在别人的评价里、目光里、价值观里呢。”下面说说此君为什么冒着儿子反感、家人反对、家庭关系受影响的风险这样做的理由。

1. 使之免成低能儿。如果孩子不用奋斗什么都有了，那么人自然会不学习、不上进、不奋斗，久之必成一个社会的“低能儿”。

2. 避免他陷入人生的最大失败或最大不幸。人生的最大成功是素质成功，做一个有素质或高素质的人；反之，人生的最大失败是素质上的低下，使自己成为一个没素质或低素质的人。如果留大笔财产给子女或让子女不经奋斗要什么有什么，他绝不会再去吃苦、去学习、去拼搏、去上进，久之必成为一个低素质或没素质的人，成为人生的最大失败者或最可怜的人。

3. 免使孩子变坏。没素质或低素质的人，有了大量的钱财后，必然吃喝嫖赌，斗鸡走狗，惹是生非。试想自己打拼的财产，却让孩子变坏，这样的做法不是太愚蠢了吗？

4. 可使子女免祸。记得有一哲人讲过：一个人的德才大于所拥有的钱权时，是福；一个人的德才小于所拥有的钱权时，是祸，这个福祸包括他个人和社会两方面，而他本人首当其冲。如上所述，是低素质或没素质、不需奋斗就得到大笔钱财的子女，是缺德少才（智）者，他们根本不具备管理这大笔财富的能力。因此说，不让子女奋斗就给他们留大笔遗产等于让他们遭祸，连平常、平凡、凡俗的日子也过不上了。难怪此君无论身边的人如何反对，他仍岿然不动。

5. 留钱给子女等于挖断了子女人生最高价值或最大成功的后路。马斯洛说人类需求五层次，个人价值实现是一个人的最高需求或人生的最大价值所在，而你给子女留下大笔遗产，将来他无论再有素质、再成功，别人也不服，他自己的底气也不足，永远在拼爹的阴影里走不出来，等于挖断了子女人生最大成功的后路，这是父母最残忍的行为。

6. 促使孩子及早独立、自立。18 岁成人后还不给他经济上断奶，如同婴儿一岁时不断奶一样，只会有害于他，必将导致他独立、自立能力的下降或不如人，或成为能力及人格上的侏儒。

7. 易养成他不劳而获的恶习或不良思维。父母给的钱不是他劳动所得，成人后还理所当然地从父母那儿拿钱，会养成他不劳而获的恶习，起码会（或易于）养成他认为不劳而获为正常的不良思维，这两点无论哪一点在子女身上出现，将对子女一生尤为不利。

8. 等于间接培养子女的索取之心。成人了还找父母要钱，甚至工作、房子也靠父母安排好、准备好，这是子女向父母索取的最典型表现，也等于父母在花钱培养子女的索取之心。当孩子习惯向父母索取之后，必然习惯于向他人索取、向社会索取。而一味索取的后果是什么，不用细说了。

9. 孩子成器不需父母留钱（给钱），不成器留钱会使他更变坏。如果孩子高素质、有能力、很成器，还需要父母给他钱吗？反之如果孩子不成器、低素质，你给他留钱尤其是留很多钱，只能使他变得更坏或招祸。

10. 等于剥夺或削减了他能力的提高或向上的动力及快乐的指数。给成年子女留钱，甚至连房子、车子都准备好，一是他不会或难有向上及奋斗的动力了，不需奋斗就什么都有了，傻子才去辛苦打拼呢！二是剥夺或削减了他的能力，他不奋斗、不经历、不打拼如何能提高能力或有能力呢？三是等于剥夺他的幸福或大大降低了他的幸福指数。因为幸福即快乐的恒久化，而奋斗的快乐是人快乐的重要内容之一，没有了奋斗的快乐，必将导致幸福的无存或大打折扣。

最后我再重复某名人很经典的一句话结束此篇文章：孩子若成器，不用父母留钱给他；孩子若不成器，父母不能留钱给他。因不成器的子女有钱后会变坏、会招祸。

第七章　健康篇

为什么只运动不参赛

此君有运动天赋，可谓是个运动全才，他的乒乓球、羽毛球、网球、滑雪、跳伞、足球、篮球、排球，都玩得很好，网球他能轻松打败广东等几个省的青少年冠军，滑雪可滑高级道，篮球可扣篮，但他从不参加任何年龄组包括单位、各级工会乃至省市运动会及各类邀请赛，他这样做的原因如下。

1. 带目的性的比赛易失去竞技运动的乐趣，至少是减少了这方面的乐趣。因为凡参加比赛者无不想赢，赢不了的自然不高兴或有失落感或灰溜溜的，不像平时运动时输赢都高兴。

2. 比赛太浪费时间，一是要连打许多场浪费时间；二是每天超过一小时的运动也是浪费时间；三是去比赛要走很远的路也是浪费时间；四是两场比赛之间的等待浪费时间，而时间是生命的组成部分，为了比赛去浪费这么多生命确实不值。

3. 又不是职业运动员，输赢意义不大。对非职业运动而言，赢再多对你职业乃至生命没有多大意义，为了这些对生命没多大意义的东西去参加比赛，浪费很多时间，即使赢了，也是得不偿失。

4. 反有损健康。一是参赛时运动量宜过量，过量了反有害身体，因世上任何事都是过犹不及；二是运动量过量时易受伤，尤其是中老年人身体内的钙流失严重，更易受伤，特别易骨折；三是参赛易打乱饮食起居等生活规律，打乱了生活规律对健康的损害性也不小。

5. 参赛时压力很大。这就导致了在运动中没有平时血清素产生的多，因为这个也叫快乐素的血清素，在轻松的条件下才能产生得更多。血清素（快乐素）产生少了，你在运动中的快乐自然减少了，也没有（或减少）了不比赛的运动中那种轻松、快乐、惬意了。

为什么不做对抗性运动

此君每天要做到“五个一”，即一个小时的运动，（不低于）一个小时的读书，（不低于）一个小时的写作，一个小时的练琴或绘画，一个小时的亲近大自然。但是他每天第一位要安排的是一个小时的运动。他这一个小时的运动都有一个要求，即只做网球、乒乓球、羽毛球等再叫上一个人可玩的较文明的竞技运动，不做或很少做非竞技运动，哪怕是他极喜欢的滑雪、潜水、跳伞、游泳，绝不做跑步、散步、器械等运动，更不做对抗性很强的易使人受伤的竞技运动，如足球、击剑、拳击、散打等。区区运动，此君为什么还有许多讲究呢？他有如下回答。

1. 竞技运动才可产生更多的血清素。血清素也叫快乐素，是一个医学术语，是指一种可使人快乐、可提高免疫力的元素，其他运动也产生但产生得极少或较少，只有竞技运动才产生得较多。千万不要小看快乐素，它对身体的免疫力即健康和幸福指数都有极大的好处和极为重要的意义。

2. 只有竞技运动才可连续进行，才能达到实质意义上运动等标准。实质意义上的运动是指 220－年龄＝心率，且持续 45 分钟以上，每周不少于 4 次并长期坚持的竞技运动。不是竞技运动一是你很难持续45分钟以上；二是能坚持45分钟以上你的心率达不到220-年龄；三是产生不了或较少产生血清素。你若不信就以跑步为例，你持续快跑（能达到220-年龄的心率）45分钟以上不变，看几人能做到，更不要说中老年人了。

3. 只有竞技运动才能终身坚持。在阐述这个问题前，先请读者朋友回忆一下，你身边喜运动或重视运动之人，如不是竞技运动，如跑步、游泳、瑜伽、爬山、器械等，可有一人能终身坚持？我不能说没有，但敢断言，一万人里难有一两人能终身坚持。这主要是因为非竞技运动的单调、枯燥，那是常人难以长期做到的。你能从竞技运动中得到许多乐趣，甚至可使你上瘾，一天或两天不做好像少点什么或心里不舒服。

4. 不文明的或野蛮的竞技运动不可为。如击剑、拳击、散打、相扑、足球等，虽属竞技运动，有利终身坚持及有竞技运动的许多好处。因其不仅易于受伤，而且还多以击倒对方、击伤对方为目的，即使足球无此目的，但其易误伤而且易唤起人类互相伤害的劣根性或兽性。

5. 两个人就可进行的竞技运动方便可行、易终身坚持。因为一个人在工作后，尤其是跻身成功人士后，你及球友们的时间紧张，加之场地受限，你很难在方便的时间内喊到如篮球、排球等需要多人才能玩的人，更不要说水平相当、社会层次相当且业余时间相同的这么多的人，即使通过网络可满足这一点，但是与不熟悉的人玩，也少了朋友间的交流，况且还受别人迟到或临时有事的影响。

6. 有利于培养“六大体育精神”。这“六大体育精神”是：明知不可为而为之的精神、团结协作的精神、顽强拼搏的精神、吃苦耐劳的精神、愈挫愈勇的精神、一切皆有可能的精神。而竞技运动最利于“六大体育精神”的培养，非竞技运动则不利于这六大体育精神的培养。

为什么一切为健康让路

在常人的思维里，为了所谓的事业可以“三过家门而不入”，可以不为父母奔丧，可以不顾健康，可以英年早逝。更不要说细致做到按时吃饭，按时入睡，劳逸结合，坚持运动，注重饮食结构，不吸烟不喝酒（或限酒），等等。可此君有个理念：一切为健康让路。下面说说他这样做的理由。

1. 健康是人类最大的物质财富。人类的财富分两种：物质和精神。而健康不仅是人类最大的物质财富而且还是最重要的物质财富。世上有形的东西还有比身体更金贵的吗？

2. 健康是幸福的基础。对一个人而言，有健康不一定有幸福，而没有健康则一定没有幸福。

3. 健康是事业的基础。试想一个经常生病，病怏怏的人如何能同健康的人竞争，恐怕你连竞争的心情、心力都没有。人的一切竞争，无非是一种精力、智力、毅力这“三力”的竞争。一个身体不健康更不要说经常生病住院或卧病在床的人，你被病痛折磨得自顾不暇，还谈何有“三力”与人激烈竞争？如有一位很优秀的朋友得了乙肝住院后，我去看他时，他的第一句话便是“此生休矣”。

4. 健康是对家人、爱人最大的爱。重视健康是自爱的表现。

这个观点想必大家没有什么异议，我就不多说了。只想着重阐述一下自身健康是对家人、爱人最大的爱。因为一是不拖累对方及家人；二是可为家人省下许多开支；三是不会有病传染给他们；四是不会影响他们的心情；五是可以更好地照顾他们或与他们一起做事。反之，身体不健康了，就是对家人、爱人最大的不爱了——虽不是故意的，但这是客观现实。

5. 健康是人生的第一成功。成功分九项内容，而身体成功则是这九项成功内容的首项。因为没有身体的成功不仅很难有其他八个方面的成功，即使有或有一至几项那你也很难持久或幸福。所以，身体成功是人生其他八项成功的基础、前提、关键，是成功九项的第一核心。

6. 没有健康连朋友都会远离你。凡是稍有文学知识的人，都会知道孟浩然的诗："不才明主弃，久病故人疏。"一个不健康的人，失去了正常的活动能力，朋友们怎可能还像同一个健康的人一样与你交往。

以上几点是此君一切为健康让路的理由。但明白了为什么应该一切尤其是让升官发财为健康让路之后，并不等于你能做得到。因知与行之间还是有很大的距离的。但即使你有顽强的意志，过人的能力能做得到，包括长期做得到；但你不一定有知识、有能力、有智慧做得好。做到与做好同样还有很大的距离。下面我说说此君既做到又做得好的方法或做法：第一，无论再忙每天必坚持锻炼一小时，且为效果起见须是竞技运动，而非多数人认为的散步（走路），那非实质意义上的运动。第二，社交场合不喝酒。有一斤白酒的量的他悟得此理后断然戒酒。第三，无论是公事、私事只要与健康有冲突，一律不犹豫地与之拜拜。

为什么不用牙签

此君极注重口腔及牙齿保健，他历来拒绝使用牙签，这样做自然有他的理由。

1. 牙签伤牙龈。牙龈作为牙齿的保护神，对牙齿有重要的保护作用，可以说牙龈不好的人牙齿一定不好，而牙签作为坚硬之物，一个是易刺伤牙龈，另一个是易导致牙龈萎缩，因为这坚硬之物常碰牙龈的话，作为生物的本能是收缩以自保，故久之必导致牙龈萎缩。

2. 不环保。牙签是树或竹做的，使用牙签就意味着许多树与竹被砍掉，这可不是小事。不要小看那很细小的一根牙签，如果将它×3（一天三次）×365（一年的天数）×14 亿人，一年十年下来这个数字就大了，那要砍伐多少树与竹，不使用牙签对环保有很大的好处。

3. 不卫生。牙签很多不是分个包装，极易蒙灰、潮湿，易被污染，就算是分个包装的也易受潮而被污染，用于口腔是极不卫生的。

4. 不能起到清洁牙缝的作用。牙签的主要功用是清洁牙缝的，但它不像牙线能深入牙缝及左右牙壁，故致口腔疾病的主因的牙结石仍会生长，不能起到清洁牙缝的作用。

为什么冬天从不穿羊毛衫

此君家及工作所在地，冬天最低气温可达零下十几摄氏度，但他在冬天里连羊毛衫都不穿，哪怕冻得哆哆嗦嗦、手发凉、脸发青，也坚持不穿羊毛衫，最冷的时候才穿一件保暖内衣。下面说说他为什么冬天从不穿羊毛衫。

1. 使自己处于寒冷中有利健康。记得中国民间有句谚语：要想身体健而全，带着三分饥与寒。

2. 有利锻炼自己耐寒能力和意志力。人体的器官及人体内的能力都是用进废退，意志力、耐寒能力也是如此。试想一个在三九寒冬连羊毛衫都不穿又洗凉水澡的人，他的耐寒能力及意志力是多么的强。

3. 有利于预防感冒。冬天感冒的主因之一是穿暖了稍动就易出汗，而汗后又不能及时换内衣，汗湿的衣服干后格外凉、格外冷，这样人反易感冒或生其他病。而穿得少使自己处于寒冷中，人的毛孔是收缩的，寒气不易进入，反倒不易受风寒侵袭。反之，穿暖了，毛孔是张开的，易受风寒侵袭。

4. 精神好、有朝气、行动方便。穿厚了外形显得臃肿，内在的精神自然地受影响，加之行动不便，显得没朝气、没活力、没精神，而且由于穿厚了懒得动，还显得懒洋洋的，一副提不起精神的样子。行动不便就懒得动，懒得动就没精神、没朝气，也没精气神。反之穿薄点就易显得有精神、有朝气、有神气。

为什么冬天坚持冷水浴

此君一年四季尤其是冬季，坚持洗冷水澡，哪怕是三九寒天，一律先用热水将身上的汗或灰洗去，再冷热，冷热反复冲五遍，最后一遍用凉水收住，一般温差控制在50摄氏度以内，即零摄氏度到50摄氏度。读者朋友要知道，在冬天尤其是数九寒天，人们穿棉衣都还冷，甚至冷得打哆嗦，而此君还用冰水洗澡，那可不是常人所能忍受的，况且此君已人到中年，但是此君从上大学时开始，已坚持20年矣。按说此君是很讲究生活质量，讲究在刹那的、限量的生活里寻求极量的、无限的快乐的，而为什么放着温暖舒服的温水澡不洗，而要用寒冷彻骨的凉水、冰水洗澡冲身呢？

1. 可以提高免疫力、抵抗力。冬天凉水洗澡虽然寒冷，但是久之，自己的免疫力、抵抗寒冷的能力都会提高。最有说服力的是，此君从坚持这样做的20年来，极少感冒。

2. 有利于增加皮肤的弹性和减缓皮肤衰老。冬天用冷水洗澡尤其是冷热水反复冲身，最利增加皮肤弹性，也有利皮肤下毛细血管的血液循环，延缓皮肤衰老。

3. 有利于意志力的培养。意志力是人尤其是一个男人及想干大事的人必备的素质，而意志力并非是天上掉下来的或与生俱来的，而是需要后天培养的。而冬天洗冷水澡则是培养意志力的有效途径之一。试想，在不少人穿棉衣还发冷的冬天，用凉水、冷水往身上浇，那需要多么大的顽强的意志力啊，尤其是这一坚持就是20年。

4. 有利于神清气爽及提高幸福指数。不在冬天洗冷水澡的人是很难清楚或感受到的。当最后一遍凉水洗身后，用毛巾擦干身体，换上干净的内衣，几个小时内，都觉得神清气爽、通身舒坦，倍感轻松、快乐、幸福，干什么事都效率更高。

5. 有利锻炼心脏。冷热水交替洗澡，能加快心脏的收缩与扩张，使心脏及心血管都得到更多的锻炼，人的器官都是用进废退，长期锻炼的结果，自然是心脏搏击力更强，心血管弹性更强，心脏总体功能更强，而心脏是人体最重要的器官之一，从某个角度讲，心脏好，人会更健康。

6. 有利锻炼自己的耐寒能力和适应温差变化的能力。人体的耐寒能力及各种能力都是用进废退，越锻炼越好。如我有个 90 多岁的老太太好友，坚持冷水浴及锻炼，这个年纪仍健步如飞，经常独自浪迹天涯，天天背诵诗词，忙着到全国各地听讲座。试想由 40 多摄氏度的热水忽变成凉水甚至冰水，自己身体的耐寒能力、适应温差变化的能力是何等强大，起码不至于动辄感冒或生病。反正此君冬天从不穿棉衣，连羊毛衫都不穿，几乎从没有感冒过。

为什么树立生理年龄年轻 30 岁的目标

此君将人的年龄分五种：岁月年龄、心理年龄、生理年龄、职业年龄、社会年龄。他在这五个年龄方面都有目标，在此仅说说他生理年龄的目标。什么是生理年龄，就是一个人生理机能的状态。常人都是接近或等于岁月年龄，但更多的是大于岁月年龄，再说具体点，就是有的人的生理年龄可能小于岁月年龄，有的人的生理年龄大于或大大超过岁月年龄。说完了什么是生理年龄，下面我就要展开讲讲为什么此君要树立生理年龄比岁月年龄年轻30岁的目标。

1. 这方面的高目标可指引自己为之理性、节制、科学地生活及学习相关知识。树这个目标的好处一是任何成功都是属于有目标且围绕目标终身不懈努力的人；二是可促使自己理性、节制的生活，如不吃饱、不抽烟喝酒、熬夜、涉黄赌毒；三是促使自己学习营养学及预防医学知识、心理学知识，为之此君还考取了营养师资格、心理咨询师资格。

2. 为自己一生关键的成功、最后的成功做好准备。当然，首先这是从“小乘教法”的角度讲，身体的成功是人生最基本、最重要的成功，是其他成功的载体，而老年身体成功则是身体成功的关键，是否健康即身体是否成功主要指老年阶段，中青年一般情况下身体是没什么大问题的。其次，身体成功同人生其他成功一样，笑到最后才算笑得最美，善终才是最重要的、最关键的、最难得的。

3. 一个人一生幸与不幸，最关键是老年那一段是否健康。对现代人而言，老年衣食无忧基本没什么大问题，除科技经济越来越发达，社会保障越来越好外，还有一个是人老了基本不用花多少钱：衣服不用买、吃得很少很便宜且呈递减状态。如果身体好也不需多少看病钱，况且生理年龄年轻即老时身体健康，不生病或少生病，也不需多少或根本不需看病钱。更重要的是到了老年被社会边缘化了，子女独立生活了，你如果生理年龄不年轻即一身病，无论你再有钱，你也将生活在痛苦中。再者，更重要的一点：一个人在中青年的时候，无论穷富、贵贱日子都好过，因为他有健康，因此可以吃得香、睡得着、跑得快，人生成功与否最关键的就看老了的那几十年，老年生活的成功才是最后的成功、真正的成功，而身体健康即生理年龄年轻则是关键之关键。

4. 老年健康，是一个人人生最重要的、最关键的成功，也是老年生活质量、幸福指数的前提条件。从另一个角度讲，老年健康与幸福指数的关系是：健康的老人生活不一定幸福，而不健康的老人生活一定难以幸福。因老年健康是老年幸福生活的前提。试想：一个天天用针药陪着或经常住医院、跑医院、走路困难的老人，更不要提还有许多卧病或瘫痪在床的老人，与八九十岁乃至百岁还能读书、写作、打球、演讲和独自旅游的老人，其生活质量或幸福指数能同日而语吗？

第八章 职业篇

为何开会不超 30 分钟

此君手下虽有万余人，事务繁多，各种工作会是少不了要开的。但是此君首先是一般情况下不开会，不提倡动辄或随意开会；其次是要求开会计算时间成本；最后是他即使开会也从自己做起，并要求下级开会，都不得超过 45 分钟，最好 30 分钟完事，无论是年会还是再重大的会。只要是以他为主的会，从不超过 30 分钟。他的讲话一般不超过 15 分钟，且一般是将日常要求通过文字或短信下达，并尽量少开会，但每月一次的中层碰头会例外。关于会议，此君有四个原则：尽量不开、尽量开小会、不超半小时、自己讲话不超 15 分钟。他开会不超 30 分钟的理由如下。

1. 人的注意力一般情况下最长只有 45 分钟，而 30 分钟左右效果最好，你讲的话他才能集中精力听，长了不仅不集中注意力，效果差，而且还会去玩手机。

2. 会开长了人们易反感，还不仅是反感你开长会，而且由此及彼还会反感你的观点，起码不会、不能接受你的观点，这与你开会的初衷相违背。

3. 言多必失。开长会在许多时候意味着这个主讲人讲得长，无论开会或平时对讲话而言历来是言多必失的。尤其是别人讨厌你开长会时，更会将注意力放在找你的语言毛病上。再者，因讲得越多失言失当的概率越高。一句失言了，会使与会者（部下）对你开会乃至平日里的全部思路、指令都产生怀疑。讲话如同写文章，长易短难，越短越有水平，效果越好。

4. 会议成本降低也即降低了企业成本。其不仅多用电、用水、用车、用人，而且还挤占员工的工作时间。工作时间也即创造财富的时间或作出政绩的时间。营销学研究表明：多会与长会与一个单位的效率低下和召集人的无能紧密相关。

5. 更有利各级发挥创造性或主观能动性。此君一般情况下是年初定好目标，年中讲评或提醒，年终总结奖惩。除每月开一次进度会及遇到重大问题时，一般不开会，即对下级的工作，只要求，不指责，不过问，这样才能有利于下面发挥主观能动性及创造性。会多了，长了，下面就易于只听你的指示工作或只顾按你的思路工作，等于扼杀了大家的创造性或主观能动性。

6. 任何会议所要表达的意图或达到的目标绝大多数在 30 分钟内都可达到目的，再多了自然是对自己精力、单位财力、他人时间乃至个人生命、单位潜价值的巨大浪费。

7. 不利于领导人个人良好形象的树立或凝聚力的增强。会开长了，话讲多了，与会者会对你这个领导应有的能力、效率、干练（简练）、思维、智慧、才干等易产生怀疑，甚至会思考像你这样的水平，为什么能当上这个官，使你的形象在他们心目中大打折扣。同时，也不利于你在中下层凝聚力的维护，更不要提上升了。试想，一个在部下那里被人烦、看不起或反感的领导，他能有很强的凝聚力吗？

8. 简单、简约、简练是一个人尤其是一个领导人最大的能力之一。记得有位哲人说过：一个人最大的能力是化复杂为简单的能力，一个人最大的无能是化简单为复杂。

为什么只选出过车祸的司机

此君选司机除忠诚、老实、5 年以上的驾龄、能干外加一个前提条件，即出过车祸（不是一般交通事故，此指大到轻伤以上伤亡及 5 万元以上财产损失的）。从常理讲人们对出过车祸的司机应回避不选才对，可他却偏要选这类人当自己的司机。

1. 会更小心谨慎。只有出过车祸的人，才会更小心谨慎驾驶，知道其后果的重要性，才会消除满不在乎之意或侥幸心理。

2. 教训比经验要深刻得多。无论驾龄再长也顶多是有经验而没有教训。对常人而言教训是最好的老师、最好的教材、最好的警醒。有深刻教训的人，才能在驾驶中更小心谨慎。

3. 车祸才能铭心刻骨。只有经历过车祸那血淋淋场面的人才能真正对车祸的教训铭心刻骨，才能真正知道平安和谨慎驾驶的重要，以及对生命的珍惜。

4. 损失才能让人更警醒。凡出过车祸的驾驶员，必有以下三方面的损失之一或全部：自己受伤，赔钱和失去一段时间自由。而这三个方面的损失无论其中一两项或是全部，对肇事者个人来说都是巨大的、痛心疾首的。只有在这种情况下，才能铭心刻骨地知道，自己在驾驶中疏忽及侥幸、狂妄（超速、喝酒等）的严重后果，从而使自己在驾驶中多加小心、谨慎，绝不会疏忽大意及心存侥幸。

5. 研究表明出过车祸的人的再出事概率，是没有出过车祸的不到七分之一，即使有也是人力不可控因素（如机械、天气等原因）或他人为全责或主责的事故，即不是由于自己的疏忽侥幸或不负责任引发的车祸。

为什么不准亲友进自己的企业

此君手下有数十家企业，有上万员工，可是他不允许家人、亲人、友人进一个，以致家人、亲人、友人都说他无情或不近人情，至少是对他很有意见。自己的儿子实习，他也不允许到自己的企业，气得儿子好久不同他讲话，此君仍无动于衷。他这样做的智慧之处如下。

1. 家族企业必然短命或长不了。此君研究世界五百强或百年企业，除个别技术垄断型外，几乎没有家族企业，这成了全球、全世界一个不争的事实。

2. 将打乱企业的指挥系统。亲友尤其是近亲或家人进了你的企业（包括行政事业单位也是同理），必然出现他们不服管理及各层级干部不敢管理至少是有顾虑的情况，这等于打乱了企业的指挥系统。企业在商场如战场，战场上的指挥系统乱了，后果就不堪设想了。况且私人企业老板的亲友，定会倚仗关系对各层级领导指手划脚，搞得他们很为难。

3. 败坏了企业风气。老板的亲友在本企业工作，必败坏企业风气。一是各层级的领导必然要照顾他们，即允许他们搞特殊，搞特殊大家必不服；二是由于他们有倚仗，对企业的纪律、规定必多不严格执行，而监管人员难免要有所照顾，这易导致企业纪律涣散、质量下降；三是凡是靠亲友安排工作的人，多数素质不怎么样，而素质不高的人如有倚仗必多骄狂，即易在企业内指手划脚、横行霸道、惹是生非，甚至同有个性、有骨气的精英人物冲突，导致企业主或企业领导人失去人心。

4. 也害了亲友自身。在亲友的企业待久了，这些老板或企业领导的亲友必然养成搞特殊、不守纪、骄傲、满不在乎、目空一切、不尊重领导、指手划脚、迟到早退、少劳多得等恶习，这些毛病一旦成为习惯，想再改掉很不容易，对凡俗之人来说就是不可能。将来带着这些毛病到其他地方工作，他不吃亏才怪呢？也许有人想：在亲友这家企业干一辈子得了。但是，有关机构调查表明：全球企业的平均寿命才 3 年多。况且连不让亲友在自己企业工作的智慧都没有的企业主的企业，恐怕破产或倒闭更得快。

5. 不利于年轻人尤其是自己子女的成长。将自己的子女或近亲子女放在自己的企业，不仅不利于他们的成长，而且还害了他们：一是易于形成上段中所说的那些恶习；二是使他们生活在真空里；三是剥夺了他们必经的成长阶段。刚参加工作的年轻人本应在“蘑菇阶段”，即在阴暗不见阳光的角落里生长，干最脏、最累、最出力不讨好的活，还时时招来批评、羞辱的阶段，以此锻炼一个年轻人应有的吃苦耐劳、忍辱负重的能力，以及体谅下层的能力。可是企业主或企业领导的子女或近亲子女，如刚工作就在自己家的企业，必受到各层级领导的百般照顾，让他们生活在真空里，素质稍差的很易成为“高衙内”，这等于害了自己子女或近亲子女。

为什么只倡导效率不倡导加班

此君在他公司一万多员工中经常阐述，包括在大会上、文件上公开倡导这样的观点：提倡效率，不提倡加班加点，不提倡星期天开会。按照中国人的传统思维，加班加点、废寝忘食、带病工作甚至累死累活，都是值得大书特书、大彰特彰、大表扬特表扬的。此君为什么一反常态这样做呢？

1. 倡导经常加班加点等于倡导无能。因为一个人经常加班加点，一般情况下，从某些方面可说明以下几个问题：一是无能。你的工作需要你加班加点才能干完，证明你能力有问题。不然大智大能者对自己的职业都是轻松的、优秀的，连乐器中的大弦也是舒缓的。二是低效。这个问题就不用展开讲了。三是投机或欺诈。就是有些想得领导重视的人，上班时间不好好干，专拣下班后表现，好让领导看他多么勤奋，多么敬业，多么辛劳。四是对工作缺少提纲挈领、化复杂为简单的能力。

2. 工作中不注意张弛有度的人，体现在以下无智或愚昧之处：其一，不懂张弛之道或无张弛之能。其二，不懂休息，尤其是喜加班加点或视加班加点为正常的白领们、成功人士们，都无此见识及智慧明白注重休息、善于休息对人生各个方面的重要性。其三，不注重休息、闲暇的人不幸福。因为幸福指数在衣食无忧之后与休息、闲暇关系很大。另外，一个自身不幸福的人，就很难在工作中敬业、乐业、创业以及有应有的智慧、激情对待工作。其四，慧由静生。静与闲暇、休息有密切关系。一个天天或经常匆忙即不能静的人，多是没有智慧之人。其五，废寝忘食等于不珍惜身体。身体是生命的载体，不珍惜身体即不珍惜生命。一个连自己的生命都不珍惜的人，他会对工作敬业，对上级忠诚，对客户友善吗?能表彰提拔这样的人吗?

3. 经常带病工作的人，至少说明以下几个方面的问题：第一，他没有管理、经营自己身体的能力。自己的身体都管理、经营不好，这样的人还能干什么?第二，他没有人生智慧。一个人尤其是30岁以后，如果还没认识到身体对人生的极端重要性，还不树立一切为健康让路的思想，那么他的智慧也太低了。第三，他是个无知外加不好学之人。经营好自己的身体是一个系统工程，其中有医学、营养学、心理学、运动学、哲学等知识，对健康都很重要。身体有毛病，除许多因素外，无知与不好学必是重因之一。第四，必是或多是不理性、不节制之人。身体不好经常生病，尤其是中老年经常生病之人，虽原因很多，但其中多数人必与不理性、不节制有关。如饮食、起居上的无常、喜抽烟、喝酒、熬夜等。

4. 视加班加点为敬业、勤奋将导致员工喜做表面文章以及虚伪投机之风盛行。作为领导如不将视加班加点为敬业、勤奋这种思维上的陋习公开否定，更不要提像不少地方的多数领导、多数单位一样，将喜（经常）加班加点的人评为先进、模范甚至将之作为提拔重用的依据，由于利益趋使，那必导致多数员工将加班加点作为表面文章去做，导致虚伪投机之风盛行。

5. 将导致上班时的懈怠、散漫、低效。反正自己的活放到下班后去干可得好处，那么还有谁不这样做呢?！这不仅导致上班时的低效、磨洋工、懈怠、散漫，而且还易败坏了单位的风气、销蚀员工的朝气。

6. 易导致员工生活质量、幸福指数下降。生活质量和幸福指数虽由多方因素决定，但闲暇在其中占很重要的比例，它在相当幅度内基本上是与闲暇时间成正比的。而倡导加班加点等于剥夺员工的闲暇（休息）时间，导致他们生活质量、幸福指数的下降。不要认为员工的生活质量、幸福指数与企业（或单位）无关，那是近视或无知的表现。无数事实及研究表明：一个企业的员工，如果没生活质量、幸福指数低（或奇低），那么这个企业不仅不可能凝聚人心，更不可能长足发展。

7. 员工的婚姻及子女教育易出问题。倡导员工加班加点必导致员工经常加班加点，陪家人尤其教育子女、陪伴子女的时间必少了，这久之必然导致婚姻及子女教育，这人生九大重要方面的两个方面出问题，尤其是婚姻和谐与否决定一个人80%的幸福，试想一个天天生活在夫妻争打吵闹及问题子女家庭的员工，还能有心力、有创造力、有工作热情乃至全身心投入工作吗？

8. 是不尊重人权的表现。休息权是人权乃至基本人权的重要内容。鼓励加班加点，等于公然剥夺员工的休息权，你连员工的人权都不尊重，不仅与现代文明的主流不符，而且也必不受员工的尊重（上视下为草芥，下必视上为寇仇），他们虽表面上高高兴兴地加班加点，内心必然骂你，因你连他的基本人权都不尊重，他能不骂你吗？

9. 不利于企业留住人才及长久发展。企业的这个“企”字，就是“人”“止”二字，这个“人”不仅指众人，更指有才能有创造力的人，而人才又最重自由、轻松、受尊重。一个经常加班加点，导致员工工作生活都不轻松的企业，不要说能“止”（留）住人才，就是普通员工也是不可能的，这个企业还能有未来吗？一个企业的负责人，不仅让自己的员工有高工资有福利，而且使他们工作得轻松、不加班、有生活质量、能照顾好家人（这也会得到员工家人尊重、支持）。如此君本公司的员工父母、妻子、子女生病，一律有假，当然是带薪的，不影响全勤奖的假期，如此，员工焉能不忠心拥戴及奉献于这个公司？

10. 不利员工的健康。经常加班加点的员工，久之健康必出问题，健康出了问题不仅请假多、迟到早退多、消极怠工多，更重要的是注意力、创造力、敬业精神都将大大下降。这必导致整个企业从精神面貌到产品质量和产品等创新，都大受影响。

11. 不利于企业的凝聚力及号召力。领导的核心定义是凝聚众力向既定目标迈进。而一个倡导加班加点的单位领导，必惹员工内心深处反感你（虽嘴上不敢说，表面上还要装得喜欢加班加点），甚至诅咒你，如此你这个领导还会有较强的凝聚力及号召力吗？

12. 导致企业上下尤其是管理层不注重效率。效率是企业的生命力之一，因为企业间的竞争无非是三大主要竞争：技术创新的竞争、成本降低的竞争、效率的竞争，而前两个竞争的空间有限，效率竞争的空间相对大得多。一个鼓励员工加班加点的企业，员工们不会将效率的提高放在第一位，如此长期下去必导致企业或单位的低效率。

13. 导致员工的能力下降，庸才占据领导岗位。一般情况及平均能力下，只要高效运转，各个岗位都是能在工作时间内完成任务的，需加班加点的多是庸才，而加班加点能得好、得重视，被视为敬业、尽责、努力，那么这部分人必不仅得好处且更易受提拔重用，久之必导致员工的能力整体下降，庸才占据领导岗位。如此长期下去，这个企业还能有未来吗？

14. 树这类工作狂或工作中投机做表面文章的人，易在单位形成投机势利的小人得势的不良局面。这类人连自己的身体、家人都不顾，不尽责，他难以真正爱岗敬业、认真尽责。无非是一个投机分子罢了，评选这样的先进典型或重用他们，至少是等于鼓励单位的人投机或弄虚作假。

15. 连生命都不负责、不重视的人，他真的能对工作负责吗？身体是生命的载体，一个连对身体都不重视、不负责的人，指望他能真正对工作负责，对企业负责，对领导负责吗？

16. 一个家庭不和谐的人，不可能全身心地投入工作，也不可能在工作中能与同事处好关系。

17. 倡导加班的领导只能称企业领导人，不是现代企业家。作为一个现代企业家，眼中的第一要务不是利润及发展，而是为人类尤其是本企业全体员工的发展、幸福作贡献，让本单位员工和自己的这些追随者能有健康、有闲暇、有生活质量、有发展前途、有幸福指数，还能生活得轻松、自由、闲暇，在此基础上贡献社会，这应是现代企业家首先应该考虑的。这也是一个企业或一个组织能否凝聚人心的一个重要指标，否则，那些一切只顾企业利润的人，只能算个逐利的商人，连个企业家都算不上，更不要说是现代企业家了。

为什么只慰问健康不病或少病的员工

此君每年在自己企业及下属各个部门，都要分别评出“十大健康员工”。除表彰外，他及各级主要负责人都要去家中慰问，并送去运动用具或运动衣鞋之类的慰问品，并明文规定除意外受伤和退休的老年员工外，不提倡各级领导去医院看望生病住院的人。这似乎会被常人认为不近人情：你的员工生病住院了，你不仅不去而且还明文阻止别人去，你如何凝聚人心？但历来不活在别人目光里、评价里、价值观里、是非标准里的此君，这样做的理由如下。

1. 领导探望、慰问病人从某个角度讲，等于鼓励单位人生病。在单位内部，领导看望的、慰问的、重视的即鼓励的。因此若领导带着礼品去探望生病的人，从某个角度讲等于告诉人们：生病比健康更能引起上级重视。这将产生什么样的“月晕效应”，稍能思考的明眼人将不言自明了。

2. 在单位包括下级单位必须形成这样一个共识：值得领导重视的、探望的、慰问的只有两个方面：一个是从人性的角度，只有那些因天灾人祸造成贫困者；另一个是对单位（企业）有突出贡献者，即形成比贡献的导向。

3. 慰问健康者等于在单位树立健康导向。使人人都重视并珍惜健康，这样做于国于民（己）于单位（企业）都百利无一害的。

4. 有利于提高企业竞争力。员工的健康状况较好，精神、精力、活力、创造力、注意力、接受能力以及效率、产品合格率都会提高。而企业的竞争最终是人的竞争，人的竞争中以上八点又是其主要内容，它们都是以健康为基础的。

5. 有利于节约及降低企业成本。员工健康度提高了，效率高了，请假的少了，住院及临时生病的人少了，以及看病、住院、用车、用人（陪护）少了，企业的开支自然降低了，成本自然下降了。

6. 有利于单位良好的纪律、作风及精神面貌的形成。一是生病的少了，相对迟到、早退、旷工、请假的少了。这对单位的纪律自然有利；二是身体健康指数普遍提高后，整个单位的人的精神面貌都不一样。健康的人与病怏怏的人的精神面貌是截然不同的；三是工作作风也不一样，健康的人自然比有病的人更认真、更细心、更耐心、更严谨、更深入，工作得更好。

7. 有利于员工幸福指数的提升。健康是幸福的前提及主要内容。一个单位尤其是企业要想做大做久，根本的一点是能为员工谋长久的幸福。员工才会将一生的精力及聪明才智奉献给单位，且是乐于奉献给单位，才能真正做到以之为家，将职业当家业。

为什么不欣赏常生病的员工

此君不欣赏在退休前就将自己弄得一身病即无能力经营身体的人。他手下的人无论职务多高、资格多老、贡献多大，只要是生病住院或做手术，他是从不允许任何人以公司（单位）名义去慰问的，并在平时经常批评，在用人上冷落那些生病即不注重经营身体的人（当然是大病、多病，而非感冒之类的小病）。他这样做的理由如下。

1. 一个无能力管理好自己身体的人是不能重用的。一个人如果不能管理好自己的身体，这个人还能干什么？还能管理好什么？还能给他委以什么重任？

2. 是一个人能力低下的表现。人生有许多事情需要管理，如财务管理、情绪管理、时间管理、工作管理、下属管理、情感管理等，但身体管理是各项管理的首要管理。管理好身体的能力，是一个人最大的能力、最综合的能力的体现，而管理不好自己身体，则是一个人能力最低下或最无能的体现。

3. 是一个人无智慧的体现。一个经营管理不好身体健康的人是无能力的；一个不高度重视身体健康，不时刻为之学习、努力、提高素质的人，是无智慧，无智慧即愚蠢。这是此友经常批评、冷落常生病的员工的根因之一。

4. 批评、冷落的反面是重视欣赏将自己弄得一身病的人，这是等于鼓励人们都不珍惜身体，生病光荣，这不仅会大大降低效率，而且还会影响一个单位的朝气、士气、精神状态及创造力，这四个方面都受到影响的单位还有未来吗？

第九章 | 求知篇

为何每天都要“5·11”

此友有个习惯即“5·11”，已从参加工作至今坚持了20余年。所谓“5·11”即每天早上5点起床、夜晚11点睡觉。无论星期天、节假日，起晚一分钟他都要在自己脸上扇一巴掌。按说此友已是成功人士，什么也不缺，又人到中年，以常人思维懒散一些、放松一些是应该的，亦是该享受的时候。可他仍然夙兴夜寐、孜孜矻矻、争分夺秒，尤其是大冬天5点钟起来，连大地都在沉睡中，此友就已开始读书、写作或工作了。他这样做的理由如下。

1. 早起乃人生立身之本。人生有几本：道德以诚实为本，诚实以不说谎为本，孝亲以得欢心为本，友情、爱情以接纳缺点为本，立身以勤奋为本，勤奋以不晚起为本。晚起为不勤，不勤的结果是懒，懒的结果是惰，惰即惰落，故西方文化中有“懒惰是万恶之源”之说。因人一懒了就不想奋斗、努力了，而人生即欲望，要满足欲望不通过勤劳必要通过不劳而获、少劳少得即投机取巧、欺瞒作假、作奸犯科等获得。

2. 早起的鸟儿有虫吃。记得民间有句俗语：早起三光，晚起三慌。这里的“光”指早起后的从容，以及长期坚持早起后由健康而出现的面貌及精神的光鲜、光亮，这是其一。“早起的鸟儿有虫吃”是指一个早起的人、早早为一天做准备的人，他的所得或成功较多，绝非天天睡到饭点、星期天午饭当早饭的人可同日而语的，这是其二。更重要的是，人的大脑及一切器官在人起床后，都还有个苏醒时间或恢复时间，掐点起来上班的人，无论体力、精力、智力的恢复，都不如早起的人，哪里是早起的人的竞争对手，这是其三。

3. 早上做事效率更高。早上，尤其是星期天、节假日的早上，没有朋友来访、没电话、没有事情打扰，你可以集中精力做你喜欢的事或要学的事，不像上班时间和星期天节假日，外界的打扰自然会多，尤其是对成功人士而言，一会儿一个电话，很难集中精力，很难有高的效率。加上早上万籁俱寂，人们都在酣睡，连家人也不打搅，且经过一夜的休息，头脑最清醒。清晨一小时的工作效率，抵得上白天的两三个小时。

4. 早上是提高素质的最佳时间。因为一个人的业余时间决定他的素质及未来。也就是说有多少业余时间用在读书、运动上，即提高素质的事上，你的未来就由此决定。像白领或成功人士，能把握的业余时间主要是早上。试想，此君每天 5 点起床，每天要比常人多出两个多小时的提高自身素质的时间，他的素质，他的未来就可想而知了。

5. 坚持早起是对自己意志、理性、自制力的最大锻炼。不要小看早起，一日一月一季做到容易，10 年、20 年如一日做到，尤其在累时、病时、熬夜时、节假日的放松时，特别是寒冬腊月的早上，滴水成冰、寒风呼啸、万籁俱寂之时，仍能一如既往的 5 点钟早起，且终身坚持，那不仅不是一件易事，而且是一个有理性、有自制力、有顽强的意志能战胜自己的表现。其实，一个人征服世界的过程，首先是战胜自己的过程，胜人则力、胜己则强。

6. 早晨的时间才是白领或成功人士属于自己的时间。白领尤其是成功人士，一般情况下不仅单位事多，而且上有老、下有小，都是人生重负之时，特别是在社会负些责任、有些钱权的人，白天事情更多，晚上还有许多应酬，只有早上的时间才是真正属于自己的时间。如果再不坚持早起，争取点属于自己的时间，不仅没有或难有任何属于自己的时间，做自己喜欢做的事、读自己喜欢读的书，更重要的是你将从此永远不会有大的成长，即素质有大的较快的提高，更不会或难以过上个性、幸福、有质量的生活。

7. 更有利健康。一是早上5—7点是肠胆经恢复的时间，此时不起，肠胆经得不到恢复，久之肠胃必有问题，而肠胃健康是人身体健康的基础，基础不牢，地动山摇；二是早起者必然早睡、不熬夜，而熬夜对身体的伤害最大；三是早餐吃得香、吃得多，这不仅有利提供上午足够的营养，而且还有利于提升上午的幸福度，因早上能吃上香喷喷的早餐，整个上午的幸福感都将大增；四是大大减少发胖和生病的概率。晚起之人往往不吃或吃不好早餐，这必将导致晚餐的大吃大喝，这是最易导致人发胖及生病的不良行为。

8. 有利于赶超别人。人生从某个角度讲就是与人竞争，而与人竞争的核心是素质竞争，因人生最大的成功是素质（指综合素质）的成功，其他一切无非都是素质的产物。而在素质上赶超别人，必须要在精神素质和身体素质上多花时间，人们在时间面前是一律平等的，即每天都是24小时，要想及时有效超过别人，只有在别人睡觉时，你就在读书或运动。

9. 更有利思考、创造。早上精力充沛、思维活跃、万籁俱寂、空气新鲜，最有利思考及创造。

10. 更有自我价值实现感或充实感、成就感。在别人都在酣睡时，自己已经作出了许多成绩，或做了不少扎实有意义的事情，你的充实感、成就感、快乐感、自我价值实现感，就会油然而生且伴你一整天。特别是自我价值实现感，那是人生五个需求层次的最高层次。

11. 一天更主动、更高效。一是早起后一天干什么都不会慌乱、匆忙；二是早起后早餐吃得好，上午营养充足，精神好，效率高；三是器官苏醒得早，每个器官都有不等的恢复时间，掐着上班时间才起床，必导致各类器官恢复得慢，苏醒得迟，如有的喜睡懒觉者，一个上午都不高度清醒及高效，有的甚至昏昏沉沉或反应迟钝；四是人类的重大事件多是夜间发生，早起的人获知更早、反应更快，机会可抓得更早。

为什么训练自己做到能听声音准确判断人

此君有个非常过人的、令人不可思议的能力，就是在从没见过面的情况下，听声音能准确地判断人，他曾与友人打赌，让他随意拨通一个自己不可能认识的人的电话，只需听 30 秒，就可判断出这个人胖瘦如何、能力如何、效率如何、活力如何、情商如何、健康如何、修养如何、品德如何、个性如何、前途如何、人际如何、自信心如何、可交不可交等，直赌得那人大惊失色，连被赌的这个人后来知道了这件事也千方百计要见此君。不仅听声音，而且包括听这人演奏乐器，看这人写的字，画的画，写的文章、诗歌，都可达到以上效果。他下大功夫训练自己听声音就准确判断人的原因如下。

1. 人最大的能力是识人的能力。因为一个人的成败、福祸、顺逆、幸与不幸，都是取决于他人或与人打交道，而与人打交道的第一要务是识人，无识人的能力，不仅做事多失败，而且无论你世俗再成功，你人生也不幸福，因你看不准人，不仅背叛你的相对多，而且在与人合作中也遇到的挫折、伤害相对多，并由以上两者引起的生气、怨愤、后悔、仇恨等负面情绪也多得多，这不仅导致你职业易失败，还导致你幸福指数的下降或幸福的丧失。

2. 识人是成功的基础。一个人要想成功，尤其是做哪怕一件小事情，第一位的是跟对人，如汉初三杰都是跟对了刘邦；第二位的是交对人；第三位的是用对人。而这三者都以识人为前提，不能正确识人，就难交对人，同样也难用对人。另外，交往的人如何还决定你的素质，与什么样的人交往你就会成为什么样的人，而素质又是成功之母，因一切竞争归根结底就是素质的竞争。

3. 识人是避害远祸之根本。据实证犯罪学研究表明：世上大部分凶杀案都是发生在亲人与朋友之间，尤其是共利共事的人之间的，而非陌生人之间，引发的原因多是利益纠纷或情感纠纷，其中产生纠纷的原因或导致的凶杀，以及各种伤害的最根本的原因，还是因为看人不准，如看人准则能远害避祸。

最后再说说此君在训练自己听声音（包括看人、看字、看画、看文章及听他演奏乐器等）就能准确判断人方面是如何下功夫的。他曾深入系统地研究了解剖学、韵律学、心理学、逻辑学、哲学、社会学、西医的预防医学、中医、声学，另外当过教师、检察官、心理咨询师、律师、作家，这些又都是研究人的，以上这些为他观人提供了良好的条件，而平时他又注重这方面的训练，尤其是逻辑分析、综合推理方面的训练。

为何热衷于资格考试

此君一连考了十几个全国统考的资格证，正在往考下 20 个资格的目标奋进，他考的有不少还是比较难考的资格，如被大家认为难考的司法资格，还有心理咨询师、职业规划师、婚姻家庭咨询师、企业文化师、营养师、经纪人资格证、会计师资格证、经济师资格证、企业法律顾问资格证、房地产评估师资格证等。他给自己定的大目标是一生至少考下 20 个资格证，每两年至少是不低于三年要考下一个资格。按说此君早已功成名就，过上了行有车、食有鱼、居有楼，要什么有什么的优裕的生活，况且人到中年，也该享受享受了，还每每成为考场中的“大哥大”，与自己的子辈同居一个考场“活受罪”，我及我们（指了解他的几个知心朋友，此君因注重隐才怕出名，他的这些光荣史是对外保密，不为外人知的）都不大理解，劝他没有必要将自己搞得这么紧张、这么累、这么苦，他对我们的“批评”付之一笑，说出了他为什么要这样做的根由。

1. 促使自己努力学习。就学习而言，是需要目标与压力的，尤其是对世俗人而言，什么都有了的成功人士，不仅没了学习的时间，更没了学习的压力，人性都是趋向懒惰或堕落的，故他给自己定下了不低于三年就要考个资格证的目标，用目标迫使自己终身坚持学习。

2. 防自己过早衰老。衰老不是岁数大了，一个人老的特征不是皱纹、白发，而是停止了对新东西的学习及对新事物的好奇或惊奇。因此，此君想通过这种方法，防止自己提前衰老或使自己永不衰老。

3. 延缓记忆力的衰退。人的所有器官，尤其是记忆力是用进废退，尤其是人到中年后饱食、酒、熬夜、睡眠不足、运动不足，尤其是记忆训练少或没有了，这都大大损伤人的记忆力，而坚持不断考试，等于在进行记忆力训练。这大大有利于防止记忆力的衰退，而记忆力可是一个人最大的能力之一。

4. 是防懈防堕的良方之一。人，七大劣根性之一就是趋懒趋堕，不信你看人类的许多发明都是围绕“懒”字进行的。特别是成功人士或衣食无忧者，更易懈怠及由懒而堕落。而为自己加压不断考试，则是防懈防堕良方之一。

5. 是在追求人生最大的成功。人生最大的成功是素质成功，因人生终极追求的幸福，是素质的产物。而素质中文化素质又是各项素质的基础，故此君不仅要求自己年年考资格证，还要求自己天天读书，每天不少于 3 万字，节假日每天不少于 10 万字。

为什么醒着的时间一半在读书

此君读书可用以下几个词语形容：嗜书如命、手不释卷、如饥似渴、废寝忘食、争分夺秒、见缝插针、双倍利用、出门必带……他读书不仅常读得手舞足蹈、拍案而起、泪湿巾衫、痛哭流涕、大笑狂笑、会心一笑、怒目圆睁、捶胸顿足、爆粗口，而且还读得撞过树、喝过墨汁、找不着回家的路……不仅家里藏几万卷书，有很大的书房，而且飞机上、车上、路上、厕所中、厨房中，哪怕等红灯时、堵车时、排队时无不读书。他为自己定的读书的大中小目标是：小目标是每天阅读不少于 3 万字，节假日每天不少于 10 万字；中目标是熟读全部社会科学的几十个领域的主要专著，精读两到三个领域；大目标是读遍天下的主要好书，达到“书有未曾经我读，事无不可对人言”的目标。好了，不说多了，赶快说说此君为什么醒着的一半时间在读书吧。

1. 读书是人的精神生活的重要部分或主要部分。人的生活分物质生活和精神生活，而人如果想要生活质量高或幸福，必须有丰富的精神生活。而读书则是精神生活丰富的主要内容或重要内容。

2. 做真正的富人。人的富包括物质上的富和精神上的富。物质上的富是相对的，它与人所处的时代、环境、参照物、欲望及智慧有很大关系，且只占真正的富的内容的一小部分，况且无论物质上富可敌国或天下第一，都不是真正的富。只有精神上的富，才是真正的富。

3. 幸福所在。一个人如不读书明理、知书达理、书读无厌，胸中有丘壑，不仅物质上难久富，而且即使侥幸一时富了或大富了，要么会陷入身体、心理、平安、婚姻、子女等诸多方面的祸乱或困厄中，要么会陷入对生活的厌倦。多数此类富人，连常人所拥有的正常的睡眠都不会有，要靠药物才能入睡，如此他哪有什么幸福可言。

4. 成大功、久功之要。一个人成大功、久功更需高的素质，如醒着的时间不大半在读书，他是成不了大功及久功的。不信你看古今中外凡成大功、久功的大人物，无不是手不释卷，哪怕在戎马倥偬之中。

5. 读书能使人高尚。记得一名人说过：“读书等于同高尚的人说话。”还有一位作家说过：“读书等于站在伟人的肩膀上。”试想一个天天同高尚的人说话的人，恐怕他想不高尚都不行，因与什么样的人交往你就会变成什么样的人。

为什么要“活”500岁

一看这个题目，只要大脑还正常的人，恐怕会没人相信的。哼！500岁，百岁老人古今罕见，超过120岁的绝无仅有，超过200岁的古今中外绝对没有，你说他要活500岁，是作者你疯了还是你的采访对象疯了？面对这个问题我的回答是：我们俩都没疯，下面说说他这要活的500岁。

第一个100岁，是他的生命目标：“如无他故必活百岁”。此君的百岁目标不是100岁不死，而是到100岁时还能旅游、打网球、演讲、写作、读书，更不要说生活自理了。

第二个100岁，是指他几十年如一日坚持“5·11”，即凌晨5点钟起床、夜晚11点睡觉，以保证每天工作、学习16小时以上，是正常人工作学习时间的两倍，且此君除生理必需时间外，生活的事他从不花时间。从这个角度讲，他比别人多活了100岁。

第三个100岁，是此君善于双倍、三倍利用时间，比如他读书写作累了见人、练乐器、运动；坐车时处理电话、信息，坐火车、飞机仍读书、写作，开会写作、思考、记忆（将要记的东西抄会议记录本上），厨房中、厕所里、等人、排队随时读书，如此，又比别人多活了100岁，这已经“300岁”了。

第四个100岁，是正常的公职人员或职工，周末、节假日连同休假，平均有120天左右，即每年的三分之一休息时间，在这三分之一别人都休息的时间里，此君仍然每天“5·11”，即工作、学习16个小时，等于每年又比别人多了三分之二的8小时的工作学习日，即一年的上班（上学）时间，岂不又比常人多活100岁，这是第四个100岁。

第五个100岁，是在别人休息的每年约三分之一的时间里，他不仅“5·11”，而且在这个“5·11”之外的16个小时的工作、学习时间中，他同样是双倍利用时间，这又等于比常人多活了100岁。

这是此君活500岁的计算方法，读到这里你该相信不是自吹自擂了吧。另外我还要在此说说此君是如何做到这一点的：一是除生理时间外，其他时间全部用在读书写作工作之上，运动、娱乐、会客等都是在其累了的间隙进行；二是只要能委托人的全部委托人，即别人可代替自己干的全部请人，只干别人不能代替自己干的事，如读书、写作、吃饭、睡觉、思考、决策、观察人等；三是养成以分钟计算时间的习惯，无论开会、见人、运动等均以分钟计算时间，这样可积累大量的零散时间；四是原则上不扎堆（闲聊）、不应酬饭局、不看电视、不上网、不玩微信、不去商店，这样又省出了多少学习时间！

为什么注重“六知”

这里所说的此君注重“六知”中的“知”并非是知识的“知”，而是知道的“知”。这“六知”是知欲、知进、知让、知足、知止、知退。此君对“六知”的概括是：知欲是兽，知进是人，知让是礼，知足是智，知止是圣，知退是神。下面分别说说他为什么注重包括如何注重这“六知”。

1. 为什么注重知欲。这个知欲并非是字面表现的像兽及没脱离兽性的人那样“知道欲望”，而是“知道节制欲望”，像世上芸芸众生那样，追求以钱权为代表的世俗成功，并为之付出毕生的精力、心力甚至以牺牲人生最重要的健康、闲暇、宁静、人格、亲情、成长为代价，而且对成功人士或白领而言，基本是用不着的，且有很大副作用。做人必须知道节制欲望，即不让欲望失去管理，否则它就会像洪水泛滥、猛兽出笼那样可怕。再者，身为大智大慧者的此君还知道：人类（对钱权色等）的欲望（指物欲）如不加节制，就会像癌细胞一般扩散。另外，一个人若想真正幸福、永远幸福，首要的一点就是努力最多，物欲（物质需求）最少。

2. 为什么注重知进。这里所说的“知进”之“进”，并非世俗人所说的职业、学业上的进步，如又升官了、调好单位了、去大城市了或又发财了。这里所讲的“知进”的“进”，是指成长即素质上的进步，使今日之我优于昨日之我，一日比一日进步，使自己达到“苟日新，日日新，又日新”的境界。这里所说的素质主要是指身体素质和思想素质，坚持每天运动、读书、思考、记忆。一个人只有素质成功才是最大的成功，因为其他方面的成功、幸福及生命价值都是素质的附属品。

3. 为什么注重知让。这里的“让”是指礼让的“让”，并非仅指礼貌、礼节、礼数，主要还指礼让。知礼让一个指谦虚，另一个指让利于人，不与人争利。此君为什么特别注重知让呢？一是谦虚是人生极少的百利无一害的事，如《易》中最好的一卦就是谦卦。二是让利或让多利于人，反倒“少取可以多得，低下反能充盈”，你不让利于人或处处占人便宜，别人都不愿与你合作了，你还能得到一点利益吗？让人得利或多得利，自己少得利，别人都愿与你合作，这众多的小利加起来不就是大利了吗？三是与己争进步，不与人争利益，世上的一切纷争、战争、祸争皆因为利益，不与人争利益不仅可以免争、免祸，更重要的是既可节省精力、心力做有意义的事，又可以避免纷争。再一点，也是最重要的，人生最重要的、最高效的、最捷径的竞争是与自己竞争，争自己每天素质比昨天进步，最终使自己成为高素质的人，不与天下争而让天下无人能与你争。

4. 为什么注重知足。人类最大的劣根性或最大的愚顽是不知足，即物欲（钱权色）上的不知足。就权欲而言，由民欲官、官欲大、大欲帝、帝欲仙；就财欲而言，一欲十、千欲万、亿欲魁；就色欲而言，妻欲妾、妾欲多、多欲偷。尤其是权欲、财欲若不知足，如同癌细胞扩散到死方止。因此说，克服人类不知足的劣根性，则是一个人大智大慧的象征之一。常言道：人心不足蛇吞象。一个人只要不知足、不节制欲望，那么你将陷入万劫不复的深渊。记得有这样的自勉联：“知足知不足，有为弗有为”。前一句的意思是首先要教人知足，其次也教人知不足，前者是对物欲而言，后者是对自身的成长而言。另外，至于为什么说知足是人生大智慧。一是人无欲时品自高，如“海纳百川，有容乃大”“壁立千仞，无欲则刚”。二是知足可免祸，祸端缘于欲望炽盛即不知足。三是知足可大大提高幸福指数，幸福是一种感觉、一种满足。

5. 为什么注重知止。知足虽是智慧，但还不是大智大慧，且还是停留在理论层面，仅为“知”，还没有达到像王阳明所说的“知行合一”的境界。知足后的知止，才是知行合一，达到圣人的境界。这里所说的“知止”，也是仅对物欲的知止，而非对自身素质提高、人生最大成功方面的知止。这里所谓的知止，就是在衣食基本无忧的情况下，就要停止物质上的竞争与过多精力投入，有固定职业、固定收入后，就及时将职业当副业，以职业作为一个社会人身份，将职业作为“隐”的手段，从此不再搞世俗竞争、不再为之费时间、心力、精力，将更多的时间放在自己喜欢的外加有意义的事情上。如此，就达到圣人境界了。

6. 为什么注重知退。知退就达到了神人境界，即超过了大智大慧或圣人的境界。为什么有的皇帝要杀功臣，不是皇帝无情义、兔死狗烹，而是专制政治及人性使之然，不杀则他的统治就会受到威胁，卧榻之侧岂容他人酣睡。再者，你已经功高如山、名满天下，达顶峰，顶者过，过则祸，你不退即使不招祸也招人嫌了，这是其一；人到该退当退的时候，大多上了年纪，也过了你智力、精力的最高值，你的能力、智力都不如从前，与从前的你比，自然要走臭棋，这将大大影响你在众人心中的形象，这是其二；这类有功名之人或成功人士，到此时多已打拼几十年，不伤痕累累也心力交瘁，不心力交瘁也时日不多，这时如不及时隐退，还等何时？这是其三；“长江后浪推前浪，一代新人换旧人。”这是人类发展规律，也是历史的发展规律，谁违背规律，必将受规律的惩罚，谁想逆历史潮流而动，必将被这滚滚大潮淹没，这是其四。

为什么将钱和时间多花在“五馆”

此君是个有闲、有钱之人，但是他的闲和钱并非像世俗之人那样，花在豪车、豪宅及吃喝嫖赌抽等方面，而是多花在“五馆”之上，即图书馆、体育馆、音乐馆、咖啡馆及宗教堂馆，在这五个方面几乎花掉他90%左右的钱、80%左右醒着的时间。下面说说他这样做的理由。

1. 为什么舍得在体育馆里花钱、花时间。此君平时在日常吃穿用行上都是力求节俭、节约，甚至简约、简朴到比农民或社会最底层人还低的地步，如35元的衣服穿了十几年，鞋多次补底，衬衣常打补丁，有时烂了还舍不得扔，剩饭菜连菜水都带回家，但是他的许多体育用品如球拍等都是中高档次的，绝不用低档的，运动鞋也不用低档的（否则脚易受伤），运动衣则用低档次的，如他一套春秋运动外套才100元，穿了十几年还在穿。但是他打一次网球花三五百元绝不在乎，如他置齐了球类、滑雪、跳伞、潜水、野营的各种用具或行头，确实花了他不少钱。至于时间更是舍得，他有个座右铭“一切为健康让路”，实质上从某个角度说，是一切为运动让路，即每天一小时的运动无论再忙、再累、再没条件，也要优先保证。为什么如此舍得为运动花时间呢？只说三点：首先是健康以终身运动为第一前提；其次是运动、健康是幸福及成功的基础；最后是运动及与之关联密切的健康是一个人朝气、活力、智慧的基础，加之身体又是一个人精神及灵魂的载体。

2. 为什么舍得将时间和金钱花在图书馆里。这里的图书馆不仅指上图书馆阅读，更包括买书、听讲座、参加读书会、各类尤其是有深度的培训班。一是读书是一个人精神生活的主要方式，不嗜书之人一定是精神贫乏之人；二是读书是一个人做精神富翁的必然途径；三是古今中外伟大的人物无不是手不释卷；四是读书是使自己智慧、高尚、伟大的不二途径，因读书本身就是同高尚的人说话，读书能使自己站在伟人的肩膀上。

3. 为什么舍得在咖啡馆花时间与金钱。咖啡馆是去喝咖啡，看似物质消费，其实不然。首先，咖啡为思考之物，喜欢思考或善于思考，而思考则是创造力之源，是人与动物的根本区别；其次，品咖啡是休闲及有闲暇的象征，不要小看闲暇，它可是现代稀缺品，而闲暇又是安静、宁静、恬静的基础，这“三静”又是智慧和幸福之前提。

4. 为什么喜欢花时间与金钱在音乐馆。音乐馆不仅指去音乐馆、音乐厅听音乐，而且指随时随处听音乐及弹奏乐器。此君不仅会十几种乐器，车里、厨房里等生活时间里尽量双倍时间听音乐，而且凡著名交响乐团来中国，无论北京、上海，他多数不会漏掉。这里要说明的是：这里的音乐是指狭义的音乐，主要指以交响乐为主的音乐或巴洛克音乐，或有代表性的中外民乐等，绝非流行歌曲。为什么喜欢花时间与金钱在音乐馆：第一，音乐乃心灵洗浴，正如水是皮肤之洗浴一样，一天不洗必脏；第二，音乐能减少或消解现代人的浮躁；第三，音乐有利于心理健康，21 世纪是心理疾病高发乃至暴发的世纪；第四，音乐可使人高雅。

5. 为什么喜欢在宗教堂馆花时间与金钱。这里的在宗教堂馆花时间与金钱并非天天都去敬供、祈祷、膜拜，此君历来敬神不拜神，他主要是舍得在有关宗教知识方面花时间与钱。花时间，即阅读研究宗教的经典及相关的书籍资料，同宗教人士及学者交流；花钱，即尽可能地游历、参观、流连各类宗教场所。因为其一，所有的宗教，都是教人向善的；其二，宗教往往和哲学联系密切，而哲学又是万学之母；其三，古今中外的大事、人类历史上的关键事，多与宗教有联系；其四，历史上的宗教场所，多有重大文化积淀且风景也最美（天下名山僧占多）。

为什么在哲学上下功夫

此君无论所学专业还是工作，都与哲学无关，尤其当前在国企工作，更与哲学无关，按说应在经济学上下大功夫，可是此君却在哲学上舍得下大功夫：一是几乎读遍了中外哲学名著；二是做了几百万字的哲学方面的读书笔记；三是一口气出版了六本哲学著作，这令多数哲学专业人士望尘莫及；四是日常生活中此君常能以哲言、哲理阐述工作、生活中的问题，并信手拈来。我很纳闷此君对哲学这“无用之学”为什么能下如此多的功夫，他的理由如下。

1. 哲学是万学之母。社会学家研究表明：哲学是做任何学问及任何事业的基础与前提，不通哲就没有一定的哲学基础，你做事业或职业也许会成功，但你成不了大功、久功，更绝不能成为某一领域里的顶尖高手，不通哲会使你的高度、深度、广度都达不到最高点或较高度。

2. 哲学是幸福之基。生活的理想无非是理想的生活，而没有一定哲学基础的人，他不可能对人生、对生活诸问题看得透、拿得起、放得下，也不可能有满足感、感恩心，更不可能有良好的人际关系，而这些都是幸福的主要内容。记得一位作家说过：“不通哲之人，无论他世俗再成功，他也难有幸福，顶多是猪式的快乐，而非发自内心深处的幸福。”

3. 哲学是关于人生诸问题的学问。不将人生诸问题研究透彻，以达到透悟、醒悟、觉悟的境界，具备“世事洞明皆学问，人情练达即文章”的能力，你必被人生诸问题纠结、执迷、痴妄，从而陷入“人生皆苦”“苦海无边”或“人生八苦”之中。再者，人是矛盾的混合体，是一切矛盾的总和，只有通哲了，才能具备一种透过现象看本质的哲学能力，才能研究透人生诸问题（生与死、祸与福、快与慢、得与失、进与退、多与少、色与祸、是与非、善与恶、成与败、大与小、屈与伸、隐与显乃至有用与无用等）的实质、辩证关系及有效应对办法。才能使你面对人生一切问题都洞若观火、胸有成竹、化腐朽为神奇，活得随心所欲不逾矩、诗意地栖居。

4. 不通哲者易招祸。为什么说不通哲之人尤其是成功人士易招祸呢？因为一是不通哲即不明哲，不明哲就不能保身；二是不通哲即痴愚，痴愚之人易做蠢事、惹祸的事；三是不通哲之人世俗成功后易骄狂，而骄狂者必祸；四是不通哲之人，尤其是成功人士，人际关系必然紧张或成为人们妒恨的对象，这也易招祸；五是易出现身心灾祸即大病、奇病或多病上身，因为不通哲之人，会被许多人生、职业问题，尤其是紧张、压力、焦虑、烦恼等问题纠缠，不能做到一切为健康让步，久之身心必出病祸。

5. 不通哲者走不出痛苦的“人生怪圈”。这个“人生怪圈”的内容是：得不到时，必然痛苦；得到时，必然厌倦。使自己永远像钟摆那样，在人生的痛苦及厌倦中摆个不停，非此即彼，永远走不出这个“人生怪圈”。

为什么在美学上下功夫

作为一位国企老总，说他在美学上下功夫，恐怕鲜有人信。但作为近身采访他 12 年的我可是深信不疑：一是他几乎读遍了中外美学著作；二是他几乎研究了中外美学主要内容的书法、绘画、雕塑、音乐、舞蹈、建筑作品；三是他几乎跑遍了五大洲各大国尤其是文明古国、艺术大国的艺术馆、博物馆、美术馆；四是他见到了许许多多大师的真品、真迹及著名建筑，如法国卢浮宫的《蒙娜丽莎》《胜利女神》《米洛岛的维拉斯》，埃及博物馆的《老村长像》，大英博物馆的碑文壁画，美国博物馆的《舞蹈教室》，还有罗马斗兽场、意大利威尼斯的水城、埃及金字塔、法国埃菲尔铁塔、印度泰姬陵、澳大利亚的悉尼歌剧院等。下面说说他为什么如此重视美学修养或在美学上下功夫。

1. 美学是宗教之母。所有宗教都离不开美学，比如由美学的内容组合的雕塑、绘画（壁画）、音乐、建筑等。最典型的当数原始宗教的图腾，更是与绘画（壁画）、雕塑联系在一起。美学是宗教之母，宗教又是哲学之母，哲学又是万学之母，因此说美学是万学之母之母，或这样说：万学的尽头是科学，科学的尽头是哲学，哲学的尽头是宗教，宗教的尽头是美学。

2. 美学素养是一个人修养、素质、品位的重要内容。试想一个人在大卫像下不患“大卫综合征”，不被其震撼得眩晕歪倒的人；一个听不懂交响乐，甚至不知交响乐部类的人；一个看不懂绘画，只以其价格论价值的人；一个以价格论红酒，只将干红当实质意义上红酒的人；一个看舞蹈，尤其是芭蕾舞看谁漂亮想入非非的人……他是什么样的素质、品位、修养就可想而知了。

3. 决定一个人生活质量和幸福指数的高低。一个人的幸福无非是快乐的恒久化，而美的实质就是能令人产生愉悦，如花、美女等。而美学能力则又包括欣赏美、发现美、创造美的能力。如我曾到柳宗元《小石潭记》的小石潭游览，去的大多数人一片唏嘘，认为太普通、太常见了、太不美了，其实是这些人的美学能力太低了。小石潭之美是属于柳宗元的，不是属于普通人的。正如此君能对一片新叶、一丝水、一棵小草、一声蝉鸣、一丝溪流、一只闪烁的萤虫乃至田里新翻的泥土和一个陌生人的微笑，被它们的美惊奇不已、兴奋不已、快乐不已，可见他生活的每一天、每一时、每一刻，将比常人多多少愉悦、多少快乐、多少兴奋、多少惊奇，其实也就是多了多少幸福。因为生活的每一天，不是缺少美（与由美产生的快乐），而是缺少发现的眼睛，这个发现能力其实就是由美学能力高低决定的。

4. 在从事美的创造中又能得到多少快乐。创造的快乐是众快乐中较高的快乐，如一个人在从事创造美的活动，如绘画、书法、雕塑、写作、音乐等过程中，有始终伴随的、充实的快乐、思考、憧憬；在创作结束后，有成就的快乐、释然的快乐、母亲看新生婴儿的快乐。这诸多快乐加起来不仅使你的生活更有质量、更有意义，也使你更有灵感、更有利于爆发大的、新的创造力。

为什么下大功夫研究宗教

通过长期对此君的采访，发现他对几大宗教都有较深的研究，《圣经》《古兰经》、诸佛经中，经常引用并能大段大段的背诵，后来又得知他还写过几本宗教方面的著作，尤其是当我听说他曾会背《旧约全书》《古兰经》《摩诃般若波罗蜜多心经》《金刚经》时，我大吃一惊，忙问他为什么对研究宗教下如此大的功夫？

1. 研究宗教就会发现除极个别邪教外，多数宗教都是教人向善、向真、向美的，都是教你忠、教你义、教你恕。没有一个教你干坏事的，故研究宗教、吸收宗教教义中的精华，可使人更真、更善、更美、更义、更忠、更恕，也更有素质。

2. 科学的尽头是哲学，哲学的尽头是宗教。研究科学发展史，尤其是像爱因斯坦那样的大科学家后不难发现，许多大科学家还是哲学家，至少有很深的哲学基础；再研究哲学史后又不难发现，许多大哲学家又都是宗教学家或有较深宗教学造诣的狂热的宗教信徒。

3. 宗教知识尤其是各教的各类经书中，有大量的人生智慧及人生哲理。研习这些经典可使人生智慧得到大提高，是觉悟、涅槃的必要条件。对人生的好处自然不必多说了，只要涉猎宗教学的人，立马对此就有感受。其就是对于艺术，也是大有裨益。

为什么每年为重症或危重病人做义工一天

此君无论再忙，每年都要专门拿出一天时间为重危病人做义工，为他们打扫卫生、端药送水、翻身按摩、陪说话或解答疑难，做心理、营养咨询等，不仅很累很脏，有时还帮病人端屎端尿或搀扶其去厕所。他为什么要做这件事呢？

1. 使自己更珍惜健康及生命。只有面对重症病人及重危病人，才能更切实地感觉到健康的重要、生命的珍贵及无常，才能更珍惜生命、珍惜当下，珍惜当下组成生命的每一分钟，不身临其境，无论认识再高、再重视，都不能达到应有的高度。比如说健康，契诃夫说过一句话：健康像王冠戴在健康人的头上，只有病人才能看得见。但到病了尤其大病了、身体垮了也晚了。

2. 更有利于思考人生。走近这两类人，能使我们这些健康的未老之人，更有利于思考人生，尤其是在重病人及垂死人的眼里，心中只想只盼一件事：常人都有的健康，什么世俗成功中的名利权都一文不值，什么恩怨、仇恨都烟消云散，这才能使人真正明白人生最重要的，不是以钱权为代表的世俗成功，而是活着——健康地活着、平安凡俗地活着，当然不是不再追求，而是能知道此事的重要。

3. 能使人更珍惜当下。同垂死病人的亲密接触，可使人更珍惜生命的珍贵、时光的短暂。这种感受不是常人，包括平时所能冥想出的，只有同垂死病人近距离亲密接触，才能有最直接、最深刻、最强烈的感受。

4. 使人更易觉悟或增加人生智慧。重病人及垂死病人，他们在这生命的特殊时期，都会对人生、对生命有不同常人的、更深刻、更特别的感受，近距离地听这些感受，会有利于及早对人生觉悟以及增加人生智慧。

为什么终身习武

乍识此君，只有一米七左右的身材且从外表看文弱温雅，万万想不到他武功过人。我也是在近身采访他 3 年之后的一天，看他练拳时才大吃一惊，通过追问及看他散打、擒拿、剑术、棍术、马术、力量训练，才知他武功过人。后来了解此君坚持习武已 20 年从没断过，他为什么要这样做呢？

1. 是健康之需要。至于习武与健康的关系，人人都知道。

2. 是培养男子汉气概的需要。男子汉气概的基本特征或明显特征就是健壮、英武、雄气，而这三者都须武功来做铺垫。试想一个男人无论再有气概、再有本事，哪怕“丈夫只手把吴钩，意气高于百尺楼”，如你手无缚鸡之力，岂不是纸上谈兵、贻笑大方。

3. 是匡扶正义的需要。男人作为社会动物，其中一个重要的内在要求，就是有责任在社会上匡扶正义，如果你见到不公、不正、不义、不法行为，如强暴女性、欺凌弱小、抢盗财物、欺行霸市等行为，你无力制止，不敢匡扶正义，你不仅不算男人，还算有人性的人吗？但要做到这一点，须以有武功为前提。

4. 为战争做准备。他终身坚持习武从某个角度讲，也是为战争做准备，以备战争爆发后自己可以在战场上纵横驰骋，像辛弃疾那样在百万军中救人如入无人之境。

第十章 死亡篇

为何 20 多岁就写遗嘱

此君一个让常人不可理解的奇特之处，就是 20 多岁就写好了遗嘱及墓志铭，遗嘱中交代了自己遗产的处置以及对后人的嘱托、希望。此举在朋友圈里引起过不少议论，反正是绝大部分人不理解，下面说说他 20 多岁就写遗嘱及墓志铭的理由。

关于为什么这么早就写好遗嘱，此君有以下几点说法或理由：第一，人的生死都是在一念之间，为什么笛卡尔说“人是一棵会思考的芦苇”，是指人的脆弱性及思想性。生命其实是最脆弱、最无常、最容易瞬间消失——一场战争、一个冲突、一场地震、一个事故，一个意外、一个小到看不见的小虫子（病菌），哪怕是熟人或陌生人乃至亲人、爱人之间的一句话引起的冲突导致的凶杀，并且死亡到来不可预测、猝不及防、随时可发生，你根本没有时间写遗嘱，连跟亲人、友人、爱人说句话的机会都没有。第二，可免去后人许多的纠纷，尤其是对有些遗产的成功人士。古今中外多少富贵之人，由于死时没有遗嘱或没来得及写遗嘱或由于遗嘱含糊不清，导致后人之间反目为仇，甚至老死不相往来，还有的法庭或刀棍相见。第三，提前写遗嘱有利于及早思考人生，及早活明白，及早获得智慧、觉悟或禅悟。因为首先人生就是活明白的过程，早些活明白你的人生会更成功、更轻松、更快乐、更幸福；其次更通哲，哲学是关于人生诸问题思考的学问，而生死问题是其核心问题，死亡问题又是核心问题中的突出问题。不参透死亡，你不可能将人生问题思考透。如你连诸如生死、福祸、成败、爱恨、得失、进退、荣辱、穷富等人生问题都思考不清楚，无论你再成功、再有名、再有钱权，你也不会幸福。

为什么20多岁就写墓志铭

此君在20多岁就将墓志铭写好，其内容是：活过、穷过、富过、写过、爱过、干过、玩过、奋斗过、思考过、梦想过、曲折过、放肆过、投机过、流浪过，从没后悔过。且不说这墓志铭的意义何在，其中体现此君简单凝练的风格以及个性、深刻、坦率，只说说他为什么在20多岁就写墓志铭。

1. 便于思考人生。20多岁就写墓志铭，这便于早早就开始思考人生。记得一哲人说过："人生是活明白的过程。"而"活明白"则是一个人成功的前提条件。也可以说没有思考、活不明白的人生，不仅易触礁，而且易困惑、易厌倦，不仅易沦为"左脑思考者"，而且还易陷入痛苦与厌倦的钟摆两极之中。

2. 便于早早规划人生。写墓志铭的过程，其实是规划人生如何度过的过程，这将使自己的一生有更明确、更切实的目标，是总目标也是长远规划。这将极有利于一个人一生的成长、成功、幸福。社会学家研究发现：从小有无远大目标的人，一生的差距是巨大的。

3. 便于激励人生。青年时写好墓志铭，从某个角度讲，在深入思考的基础上等于及早对自己的人生作出了远景规划，加之青年人的心高气盛，这些远景规划多是庞大的、令人憧憬的、念之激动的，也是激励人心的，就像一座航标在指引你通往目的地的路。

4. 令人更珍惜生命。在青年时及早为自己写墓志铭，及早思考死亡问题，不像一般青年人觉得死亡很遥远，不是自己考虑的事或死亡不会出现一样。通过对死亡问题的思考，他会及早明白人生的短暂、活着的幸运，使之更珍惜生命中的每一天，甚至及早达到“将每一天都当作生命最后一天”的大智者水平或境界。同时，也便于使自己更珍惜身体健康、更珍惜分分秒秒。

5. 更有利于提升幸福指数。及早写墓志铭，等于及早思考了死亡，觉悟到人生短暂、生命的无常，这会使你更珍惜每一天，更感恩每一天的美好时光，这将大大有利于提升自己的幸福指数。

6. 使自己更早更快的成熟睿智。死亡是人生的重要问题之一，也即哲学两个主要问题之一。早早思考这个问题，一是会使自己更深刻，二是使自己更觉悟，三是使自己更庄重，四是使自己更宁静。而这些加起来就会使自己更成熟，尤其是作为一个男人，成熟不仅使之更有魅力，也更易成功。

为什么要为自己树葬

如前文所说此君 20 多岁就写好了遗嘱，遗嘱里有一条：自己死后不得占半寸土地，也不搞骨灰播撒，在一棵树下掏个洞将骨灰埋进去，且不要骨灰盒，只用一小块布包着即可。将墓志铭写成小牌，挂在树上，也即树葬，连深埋及再栽树也不允许，因为动土也会破坏植被或庄稼甚至占地。按说收入较高的此君，为什么死后还对自己如此“寒酸”呢？其理由如下。

1. 比抛撒骨灰更节约、更节省金钱及时间。抛撒骨灰还要撒向大海或特殊的地方，要跑很远，甚至花费不菲，且更花费后人的时间。而树葬只在近处找棵树，树根下斜掏个洞，有十几分钟就可完事。

2. 便于后人祭奠。抛撒了骨灰后人便无祭奠之地了。尤其是作为成功人士，对后人还是有激励作用的，祭祀的过程就是受激励的过程。再者，别人都有老人可祭奠，让你的子女有此缺憾，也是不为子女考虑的一种自私行为。

3. 抛撒骨灰对江海湖泊也是种污染。将骨灰埋在树下，既卫生且还可做树的肥料。

4. 便于子女与先人拥抱或零距离。老人的骨灰化作肥料被树吸收，老人就等于与树合二为一了，后人在祭祀时便可以与树拥抱、抚摸树，这从某种角度上讲也等于与先人拥抱、抚摸先人即与先人零距离，不仅可缓解后人的思念之情，还会给后人们幸福感。

5. 比土葬、公墓哪怕上骨灰盒架都可节约土地、有利环境。中国的土地资源是全球人均最少的国家之一，树葬对中国人的意义就更大了。另外，无论是土葬的包坟、建墓立碑还是火葬后的立碑或骨灰存放，都浪费人类有限的资源，并对环境有一定程度的破坏。

6. 更有利于路人的心情舒畅。如果路人在行路时看到的一棵树与一座坟哪怕是公墓上的一座碑相比，哪种心情更好、更舒畅就不用多说了。况且走进坟地或墓地也会给人以阴森恐怖之感。

7. 经济上的节约。除火化费用外，树葬几乎不花一分钱，这与土葬的买地、买棺、修墓或包坟立碑，火葬进公墓等不菲的费用相比，可节约不少。

8. 死后再为净化社会风气、增进人类文明程度作最后的贡献。

记得一哲人说过，人有三条命：性命、生命（优秀且有生活质量、生命质量）、使命（大乘精神）。死时还能为净化社会风气增加人类文明进程作贡献。那不仅是有高尚的“使命”之人，且又是个智慧之人——这样做于己、于家、于人、于国、于社会都多利而无一害，再不为之，岂不是太傻或太愚昧了吗？

为何不给逝去的老人立碑修坟

此君作为成功人士有较高的收入，按常理应该且有能力为逝去的老人立碑、修墓的，可他的祖父母坟上至今不仅无碑，而且仍是占地很少的一个土堆子，很多人都认为他对自己逝去的先人太不孝，父亲兄妹也为此事与他争吵过不少次，他坚持不为先人修墓、立碑理由如下。

1. 崇尚厚养薄葬。此君对自己的老人包括近亲属中的老人，可谓无微不至，并有一个原则：自己能享受到的，一定也要让父母享受到。只要有什么先进的商品，父母不用，自己绝不使用。他第一次因公坐飞机后，回去第一件事就是陪父母坐飞机旅游。只要父母需要，自己有能力做到的，他都不遗余力，千方百计地从物质上满足、精神上愉悦。

2. 认为厚葬及修墓立碑对逝者、生者无实质意义且是浪费之举。无论墓修的再大、碑立的再好，对逝者、生者及社会都无任何实质意义。

3. 是愚昧或虚荣的表现。先说愚昧，为对生者、死者都毫无实质意义的事去花钱、花精力，甚至花大钱大精力，这不是愚昧又是什么？最后说虚荣，要说立碑修墓的用处无非是给活着的别人看，让别人认为自己孝顺，或落得个自欺欺人的孝名。

4. 占用耕地。中国是全球人均耕地最少的国家之一，作为成功人士，如果你带头修墓、立碑，不仅要占用耕地（山地、林地），而且还给众人带个坏头，众人都会效仿，这必将造成更多耕地（山地、林地）的浪费即被占用。

5. 不利于环境保护。花钱甚至花大钱修墓立碑，不仅占地破坏了环境，而且修时会踩踏破坏环境。

为什么每年至少到敬老院做一天义工

此君无论再忙，每年也要抽出时间带着孩子到敬老院做一天义工，并与这些老人同吃同聊同乐。当然更多的是与之交谈，为之服务，包括做心理咨询、健康咨询、财务咨询、情感咨询。这对于工作繁忙，平时以分钟算时间，要求自己像高考学生那样争分夺秒的此君，为什么拿出一整天去做这无论在金钱、知识、实惠上，都看似没什么意义的事呢？他的理由如下。

1. 了解老人的不便或痛苦，可使自己更珍惜未老之人的幸福。“老”不仅是人生八苦之一，还是四个主要的苦之一。同这些老人，多是将走完人生之路的或收入较低或无子女照顾的老人，近距离地生活一天，将有利自己的幸福指数的提升，以及珍惜未老时的幸福。

2. 陪侍或服务老人一天，可更了解他的生活上的各种需求尤其是精神需求，以及他们的不便或痛苦，可更好地体谅、照顾自己家中的老人。因为老人由于智力、体力的衰退，与社会脱节久，价值观、思维方式都会发生很大变化，有很多中青年人不理解、不了解的地方。如此，更易对老人误解或不满，正如有位哲人言：“不满多源于不理解或不了解。”

3. 更有利于为自己老时做准备。当然更多的是知识上、心理上、思想上、健康上的准备。一个人的一生要想过得幸福、平安、智慧、成功，需将 80%的精力用在 20 年以后的事情上，即将大部分精力、智力投向未来。而从生命的角度讲，“老”必是每个人的未来，就需要我们从中青年时就要及早规划，及早准备，而这又以了解老年生活为前提。

4. 敬老是中华民族的传统美德，是一个文明人或稍有素养的人应该做好的。

5. 等于向子女做最好的敬老教育。因为从教育学的角度讲，子女从行不从声，如何做比如何教要强 100 倍。如同此友一次回去后在读书，妻子怨他：“天天回来就看书，也不教育教育孩子。”他不慌不忙地说道：“我这不是在教育孩子吗？”

6. 便于自己思考重大的哲学——“死亡”。老人，尤其是中国敬老院的老人，多是接近死亡的，与他们打交道，为他们做义工，更有利于思考关于死亡的问题。思考生的问题重要，而思考死亡的问题似乎更重要，因“不知死焉知生”。

后　记

这本《走近智者》正写得起劲时，回头一看已写数百页，我采访的此君大智大慧方面的素材还有约一半没写。说实在的，这难免意犹未尽，还有许多话需要说没说完，但对之我又颇为纠结了：再写下去，书太厚字太多，在快餐时代，不仅难合多数读者要求，而且书价也高，读者多数恐不愿买；不继续写，不仅没有一吐为快的感觉，且也不尽兴，甚至觉得好像吃饭不到一半，吃得正津津有味时，被人强行端走美味之感；分上下集吧，我又觉得没这个必要，纠结了好一会儿，还是决定就此打住。其原因有四：首先是凡好文在精在深不在长，凝练为好文章要素之一；其次是先写一本看读者反映如何，反映好再写续集不迟；再次是其他几本书出版社催得急；最后是长期写一个方面的书，易流于浅薄及厌倦。于是乎我就断然停笔，让理性克服我情感上没一吐为快的恋恋不舍。当然，我写这些话的目的，无非是还想告诉亲爱的读者朋友：关于大智大慧方面，此君身上还有许许多多可写、可叹的内容，仅我已采访了的素材，再写一本书也写不完。好在此君允许我继续采访他，因他已视我为朋友，允许我走近他，走近他的生活、走近他的思想，而我也有幸能终身向他学习、受他启发、得他滋养。记得有位哲人说过：与什么样的人交往，你就会变成什么样的人。此话虽很有道理，但在我与此君这里恐怕要失效，因为我与此君差距太大——他太高、太深、太哲、太智、太融、太令人仰视了。对之，我想起了《诗经》中这样一句话："高山仰止，景行行止。"我虽不能成为圣人，但我可以争取以"苟日新，日日新，又日新""今日之我优于昨日之我"的精神，无限接近此君、观察此君、学习此君，至少可以以此君为榜样，让自己快乐成长。最后，在此感谢为此书付出努力的各界朋友。

作者于 2017 年 2 月 20 日

图书在版编目（CIP）数据

走近智者／东方明夷著．—北京：中国社会出版社，2018.2

ISBN 978-7-5087-5907-4

Ⅰ.①走…　Ⅱ.①东…　Ⅲ.①散文集—中国—当代　Ⅳ.①I267

中国版本图书馆 CIP 数据核字（2018）第 040410 号

书　　名：走近智者
著　　者：东方明夷

出 版 人：浦善新
终 审 人：李　浩
责任编辑：王晓燕

出版发行：中国社会出版社　邮政编码：100032
通联方式：北京市西城区二龙路甲 33 号
电　　话：编辑部：（010）58124812
　　　　　邮购部：（010）58124848
　　　　　销售部：（010）58124845
　　　　　传　真：（010）58124856
网　　址：www.shcbs.com.cn
　　　　　shcbs.mca.gov.cn
经　　销：各地新华书店

中国社会出版社天猫旗舰店

印刷装订：中国电影出版社印刷厂
开　　本：155mm×225mm　1/16
印　　张：14
字　　数：160 千字
版　　次：2018 年 3 月第 1 版
印　　次：2018 年 3 月第 1 次印刷
定　　价：45.00 元

中国社会出版社微信公众号